死刑台からの生還

鎌田慧

[日] 镰田慧 著　　　王秀娟 译

从死刑台生还

上海译文出版社

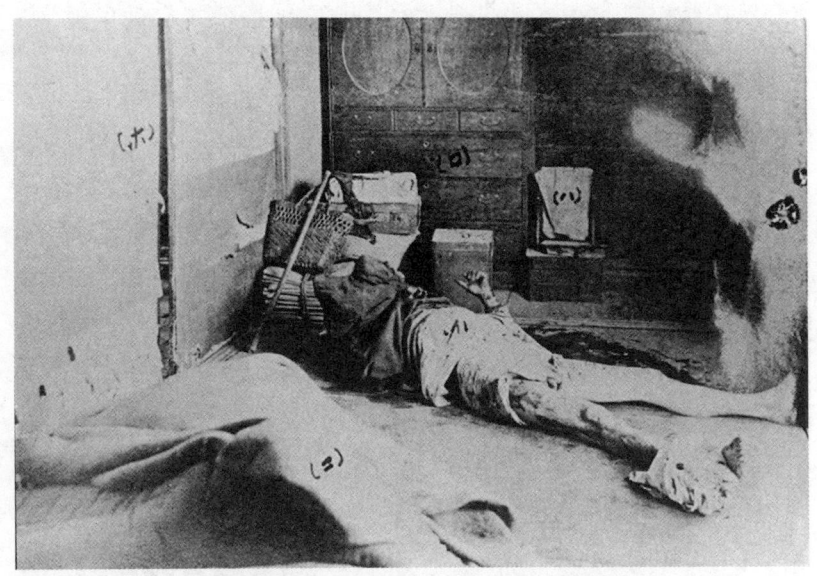

昭和二十五年（1950年）2月28日，杀人现场的情况与被害人的家

人们始终未能找到被扔进财田川的凶器。
矢野律师患病后仍积极投身于为冤案昭雪的工作

目　录

序幕 / 001
第一章　案件 / 013
第二章　狱窗 / 055
第三章　邂逅 / 089
第四章　重审 / 129
第五章　反击 / 175
尾声 / 221
后记 / 225

批判判决 / 231
获释之后 / 237
岩波现代文库版后记 / 254
解说 / 258

序　幕

　　高松地方法院后门，停着一辆米白色面包车。一九八一（昭和五十六）年九月三十日，上午九点五十分，距离开庭还有十分钟。记者们已经架好了成排的相机，恭候多时。一股异常紧张的气氛，弥漫在他们中间。车门从内侧打开，几位头戴警帽、身穿绿色制服的狱警跳了下来。五个、六个、七个，已经数到了十个，还在继续。人数多得超乎想象。记者群里不禁传来感叹的声音。

　　狱警们双脚开立，摆好姿势，站成一排。他们用自己的身体筑起了一道人墙。可究竟是想要阻止犯人逃跑，还是为了防备袭击？不免让人感觉有些奇怪。

　　谷口繁义从押解车里探出头，随即在车侧的脚踏板上停住了脚步。他把脸转过来，一副爽朗的表情让我大为震惊。那充满稚气的笑容让人很难相信，过去的三十一年，他始终被当作死刑犯关押在监狱里。一头黑发应该是刚刚修剪过，打理成三七分。白皙的肤色似乎反映出那段漫长的牢狱生活。浅灰色针织衫、蓝色裤子，一米七三的个头。脚下踩着一双帆布鞋，步伐显得异常轻盈。

一九五七（昭和三十二）年一月二十二日，最高法院驳回上诉，判处谷口繁义死刑。十九岁被捕，后被宣告处以极刑，谷口被幽禁至今，这是他第一次出现在世人面前，却已然是一个年过五十的半老之人，身体也已经有些发福。

上午十点，重审第一轮公开庭审在高松地方法院四楼一号法庭开庭。审判长和两位陪审法官已经落座。法庭右侧的大门打开，被告人谷口戴着手铐，绑着腰绳，在三名法警的陪同下进入法庭。像这样被告人迟于审判长入庭的情况，实属特例。谷口面向辩护人和审判长深深地弯腰行礼。

矢野伊吉律师蜷缩在审判长右下方的辩护席上。他向谷口投去温柔的目光。谷口似乎也注意到了这一点，于是在法警帮忙解开绑绳后，又深深地鞠了一躬。

矢野想要说些什么，可又没来得及开口。因为脑中风后遗症，他走路、说话都很不方便。妹妹矶野绢枝代替三年前病逝的矢野夫人，陪他来到法庭。旁听席上坐满了抽选出来的听众。

"现在开庭。被告人，请站到前面来。"

脸型瘦长的古市清审判长宣布开庭。他透过眼镜俯视着被告席，核验身份。

"被告人，姓名？"

"我叫谷口繁义。"

谷口用响亮的声音，认真地回答。

"出生日期？"

"昭和五年[①]十二月三日。"

[①] 1930年。［本书脚注皆为译注］

"无业?"

"嗯?是。"

三十一年来,他一直被囚禁在监狱里,自然是从未就业、工作。

"原籍?"

"香川县三丰郡财田村大字财田上八二〇号。"

财田村虽然已经升格为町镇,但在谷口的记忆中,它依然还是个村子。按照惯例核验完身份后,审判长为了缓解他的紧张感,说道:

"请坐到后面继续聆听。"

"哦,是嘛。"

谷口毫不做作的态度让法庭气氛缓和了许多。与其称他为被告人,莫不如说他是一副旁观者的样子。

高松地方检察厅副检察长渡边悟朗宣读起一九五〇(昭和二十五)年八月二十三日的起诉书。就这样,审判一下子被拉回到了三十一年前的出发原点。

宣读结束后,审判长主动让谷口发言。

"你有什么想说的吗?"

"我对此毫无印象!不是我干的。"

"还有其他的吗?"

谷口赶忙鞠了一躬,然后戴上证人席上的老花镜。这一动作同样道出了那一去不返的三十一年。谷口开始宣读起事先准备好的陈述书。

- 陈述书

   事实上,我并没有犯下这种罪行,却从十九岁就被长期非法关押在了监狱里。还好，我一直怀着坚定的信念，认为总有一天会真相大白，正义一定会取得胜利。在监狱里的三十一年间，我竭尽所能不懈努力。这一切终于有了回报，现在正义的真相将大白于世，我感到无比振奋。

同我在现实社会中度过的那段时光相比，被判死刑后拘禁在大阪看守所里的日子要长得多。其间，我曾与二十九名死刑犯亲密接触，然后将他们一个又一个地送上了刑场。可为什么唯独我，没有继这些友人之后踏上死刑台？毫无缘由地背负起死刑，这一最为极端的痛苦和恐惧，我不知道自己因此减了多少寿命。

能走到今天，我所经历的并非阳光普照的平坦大道，而是一条起伏跌宕的荆棘小路。连我自己都常常感慨，一直以来我竟一点疾病都没有罹患，始终保持着一个健康的状态。在讲述这些的过程中，生命其实无时无刻不在削减，就算你不愿意结束，人生的终点也还是会慢慢逼近。

我不清楚，自己若干年之后还能否继续燃烧这炽热的生命之火，但我会珍惜这团余烬，竭力去度过余生。尽管我也明白人生那段可以尽情享受自由、奔放的黄金时代已经一去不返，但还是要强烈地祈祷自己能够再次拥有一段充满生机和活力，宛如绚丽花朵一般的青春年华。

三十一年弹指一挥，但对我而言，却是一段漫长而持久的苦闷。无限疼爱我、养育我，为我辛苦操劳的父母和姐姐，他们一直坚信我的清白，但终究未能见到青天白日的那一天，就已经成了黄泉路上的不归人。今天在高松地方法院的法庭之上能够看到我的身影，想必他们在九泉之下也会感到欣慰。重审即将开启，我恳求各位能够尽早给予我这个无辜之人以清白的无罪判决。

陈述书写了满满两页信纸。但在宣读过程中,谷口一直目不转睛地望着审判长。足以证明,他在单人牢房里经过反复练习,已经把内容全都刻在了脑子里。坐在我左侧的哥哥谷口勉一直含泪眨着眼睛。

进入举证阶段,法警展示了当初扣押的一些衣物。不久,一条破旧的裤子出现在被告人面前。

"这个认得出来吗?"

坐在审判长席上的古市法官问道。

"这条裤子,嗯。"

谷口微笑着回答。

"不是我的。是我哥哥的,他当过警察。"

"当时,是谁穿着?"

"当时,谁穿着?我记得,大概是弟弟阿孝穿着了吧。"

第二十号证物是一条国防色[①]长裤。上面附着有微量的血迹,是唯一能够将谷口和被害人联系到一起的证据,把他推向了死刑台。

鉴定人东京大学教授古畑种基的鉴定书中,有这样一行文字:

"血迹的附着量极其微少,故无法进行充分的检测,但可以判定血型为O型。"

这句话成了案件的决定性因素。

接着,法警又出示了皮带、白色棉布长袖衫、袜子、砥石等,一些曾经作为证据被警察扣押的物品。谷口一一承认那些

---

① 卡其色。

都是自己的东西。

"下面是一把切生鱼片用的刀子,在讯问鉴定人时,由律师提供的,请你看一下。"

望着眼前的那把刀,谷口诧异地抬高嗓门。

"这个吗?!嗯。"

他误以为那就是凶器,仿佛忘记了自己是在接受审判。

审判长苦笑着补充道。

"它与本案无关。"

"啊?哦。"

案件的凶器始终未能找到。谷口或许也意识到了这一点,不禁嗤笑自己的臆想。法庭内也跟着爆出了一阵笑声。那一瞬间,现场流露出了这场没有犯人的审判的怪异感。

法警出示完证据之后,坐在右侧辩护团前排中间位置,身材高大的北山六郎团长面向审判长站起身来,开始宣读辩护意见。大意就是案件不具备有力证据,仅有的一些物证也存在致命的疑点,不足为信,且供认时的自愿性很难让人认同,故判决不具有可信度。

"我们必须铭记一点,就是如果存在误判,就应当坦率承认,尽早纠正错误,拯救那些蒙冤受屈的人,宣告他们无罪。这才是通过审判彰显正义,也是维护司法权威的意义所在。"

北山团长的宣读刚一结束,坐在他旁边的矢野伊吉就突然站起身来。矢野坐在辩护席中距离审判长最近的位置,刚才他一直将身体探到面前的桌子上。矢野操着因脑中风后遗症而变得僵硬的舌头,竭尽全力地大声喊道:

"岸盛一的最高法院判决,可信吗?!那在法律上,是不可以的。谷口要是真接受了死刑判决,当然,肯定会被绞首。这种荒谬的死刑判决，绝对不能接受。我，就是这样，认为的！"

之所以未对死刑犯执行死刑，是因为最高法院、最高检察院、法务省都很清楚谷口是冤枉的，已经默认了判决的非法性。可尽管如此，却仍要继续关押着谷口。这次遵照最高法院的命令开启重审也不过一场闹剧。立刻释放谷口！在此之前，矢野已经发行过几本类似主旨的宣传册。

曾经作为一名法官担任高松地方法院丸龟支部部长的矢野，也一度在审判中倾注了热情，可就在自己工作过的这个法庭上，他展开了对审判工作的强烈批判。

不过，他的发言就像是某种错觉一样被大家无视，审判也如同什么都没有发生似的照常进行。渡边悟朗检察官用了四十分钟之久，按流程毫无热情地宣读完开庭陈述书。谷口在被告席上，低头聆听。他不时转动一下脖颈，然后像看到什么珍奇物种似的，望向站在左侧的渡边。

矢野靠在椅背上紧闭双目。消瘦的脸庞，表情阴沉，透着一股怒气。

检方申请了十一位证人，均为当时的侦查人员，未纳入任何新的证人。辩护人北山律师站起身来。

"检察官申请的每一位证人都是侦查人员，其中包括一些在立案侦查或是申请重审的阶段，曾一次甚至多次作为证人被询问过的。另外，举证目的也过于抽象，诸如案发初期的侦查工作、被害人的损伤鉴定过程等。但是如果不具体亮明举证目的，就没有办法陈述意见。

"本案是一起三十多年前的事件，在申请重审阶段已经进行过详细的证据调查，所以，在这次审理中，应该尽量集中限定在那些以往没有出现过的最佳证据上。具体要看一下那些之前未搜集到的证据究竟能立证出什么样的事实。基于上述观点，检方的证人申请其实完全没有必要。"

北山擅于运用略带攻击性的强硬措辞。紧接着，来自东京的冈部保男律师也站起来，主张检察官的举证目的不够完备。神户的古高健司、大阪的冈田忠典律师也相继站起来，批评检方。

渡边检察官申辩道：

"本案中，侦查工作的不周、认罪过程的自愿性及可信度等问题都受到了强烈的批评。因此，对以上问题进行举证已经成了一项课题。所以，相关证人，还请法庭务必直接询问。"

在这番争论的过程中，矢野律师突然插话道：

"你觉得最高法院岸盛一的判决有效，是吗？我认为，完全无效！"

北山律师将话题重新拉回到关于检方证人申请的讨论上来。

"最后还是得由法庭来裁决。"

坐在他后面，满头白发的田万广文律师似乎有话要讲，但矢野却愤然地拦住了他。

"怎么回事！我这明明说着话了！"

矢野律师一直认为自一审便担任辩护人的田万根本没有尽力，所以对他心怀不满。审判长把脸转向矢野。

"矢野辩护人，您的发言都已经写在书面上了。作为负责重审的法院，只对重审判决有约束力，对您所述问题的判断没有约束力。"

"这算什么回答！"

矢野大喊道。随后，继续说道：

"还有一点，谷口是否接受了死刑判决？"

古市审判长显得有些焦躁，他拦住了矢野的话头：

"我也想进行充分的审理，尽快解决问题。"

辩护团在讨论审判的进程问题，可矢野却一直在批判审判本身。在他看来，关押谷口本身就不合乎法理。

一审以来一直负责辩护的田万律师发言道：

"关于检方申请的证人，希望不要对已经调查过的事项进行重复询问。如果出现重复质询的情况，希望法庭能适当地提起注意。"

审判长接受了他的意见，用缓慢的语气强调说：

"作为方针，是要朝那个方向努力。只不过，我虽然已经拜读过迄今为止的相关记录，但直接审理毕竟还是首次，所以多少有些重复的地方，还请谅解。"

下次公审是十月二十日、二十一日，都是从十点开始。证人确定为当时的侦查主任三谷清美和三丰地区警署副署长则久久一两位。

古市审判长将目光转向谷口，向他示意。

"那么被告人请站到前面来。你的健康状况如何？"

"目前没什么异常。"

"下次，将提请证人三谷清美。"

"没有异议。"

谷口向审判长深深地低头行礼。

"到此结束，休庭。"

持续了两个半小时的公审结束，谷口又被戴上了手铐，打上腰绳。就在他被三位法警包围着准备离开法庭时，坐在我右手边的弟弟阿孝，看上去异常痛苦。他快跑了两三步，来到隔离旁听席的护栏边。谷口看到他，会意地笑着频频点头。

在前往高松旁听审判后，我开始注意到被告人谷口身上那份"从容"。为了证明他的罪行，检方向法庭申请让当时的侦查人员出庭作证。每次都会有以前的侦查人员坐到证人席上。他们就是把谷口送上死刑台的罪魁祸首。公审法庭上谷口和侦查人员之间的距离不足两米，可谓触手可及。

这中间，已经过去三十一个年头。或许正是有了这段时间的缘故，让谷口总是既温和，又平静。他从未吼过，也没有怨过。其实就算他大声喊些什么，只要是跟他有关的，都是再自然不过的了。

经过走访，我发现当时的侦查人员都走上了各自的荣迁之路。现在，他们中的大部分都在高松市内或市郊盖起了房子。退休之后，他们转入驾驶员学校、保安公司身居要职，享受着平静的晚年生活。相反，谷口的青壮年时期却被关在了监狱里，已经迎来初老之年的他至今受到的仍是"死刑犯"的待遇。望着谷口的背影和侧脸，我想象着他内心的激动之情。但这些他从未表露出来。

或者说，三十多年在单人牢房里的日子，绝不是怀着怒气能够熬下来的。他已经被剥夺了靠自己的能力昭雪冤案的途径，只能安静地等待外界的救援。在重审公审开启之前，谷口曾经从转押后的高松看守所给矢野伊吉写过这样一封信。

致矢野伊吉先生：

敬启

炎热的夏天已经过去，又到了桂花飘香的季节。

感谢您前些日子在百忙之中独自一人从丸龟市过来看我。多年来，能够见到精神矍铄的矢野先生，于我而言，无比荣幸。

　　我基本上已经适应了高松看守所的生活。见面次日,《每日新闻》香川版上还大字刊登了先生的那席话,我永远都不会忘记。

　　回想过去,被移送到大阪看守所是在(昭和)三十二年二月十五日清晨。现在,我深切地体会到自己能够忍耐住死刑所带来的最为极端的痛苦和恐惧,坚持活下来的喜悦。长期以来,诸位热心的警官,绝对安全地守护了我这个无辜之人的躯体,为我提供了安心立命的环境,引导我走向纯真的境界。还有众多工作人员平日里给予了我温暖。我是心怀感激离开大阪看守所的。

　　距离重审公审还有五天,我会更加努力。我从大阪回到高松时作了一句诗,在此写出来,让您见笑了。

　　重返故乡时,山鸠声声频入耳,秋色满长空。

　　今日行笔至此。祝福您身体健康,也请代我问候诸位。合掌

谷口繁义
昭和五十六年九月二十五日

第一章 案 件

一九五〇年二月二十八日凌晨,在靠近与德岛县交界处的香川县财田村,独自居住的香川重雄(63)惨遭杀害,一名十九岁的少年被逮捕。

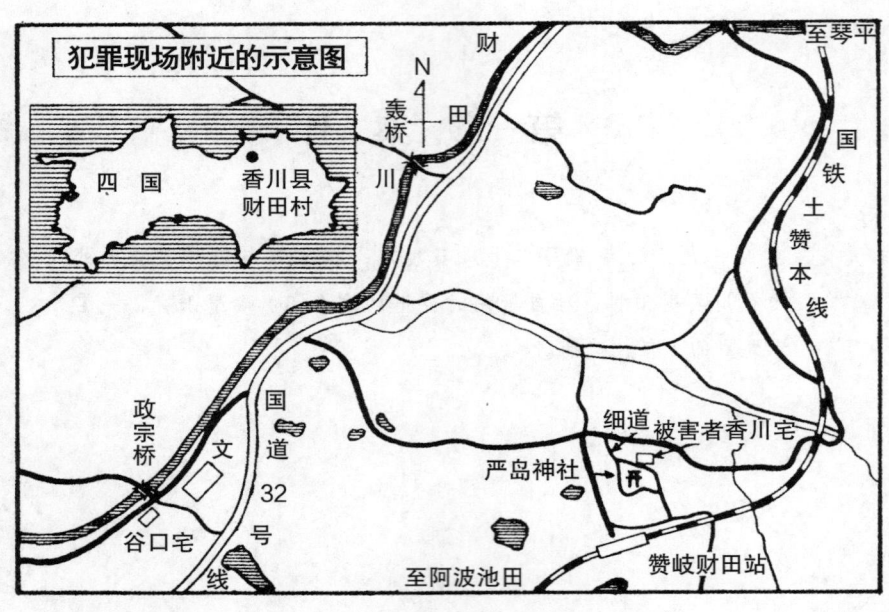

三丰郡财田村是一个位于香川县与德岛县交界处的贫寒村落。一九五〇年二月二十八日凌晨……

战争结束后不久，香川重雄在土赞线赞岐财田站下了车。这是他时隔十三年重返故土，但他并不是从国外撤返回来的。毕竟他已经五十七岁了，军队不可能征他入伍。同当初抛妻弃子奔走他乡时一样，他又悄无声息地从这座破旧小站的检票口走了出来。

丈夫突然杳无音信之后，妻子常子就在车站前开起了这里仅有的一爿店铺，靠售卖香烟、酒水和日用杂货，维持生计。

"那十三年里，一点儿音信都没有。"

她对我说道。但不知是因为丈夫涉足大米投机生意欠下巨款逃之夭夭之后，害怕债主过来讨债而不断重复的借口，还是实际情况就是如此。据说，香川重雄最初去了大阪，之后又到了今治（爱媛县），做的是药材生意。

父亲离开故乡八年后，十七岁的女儿富子招了一个上门女婿——在丸通（日通[①]）供职的由男。香川连女儿的婚礼都未

---

① 日本通运株式会社，通称"日通"。

露面。

如今，常子寄居在高松市内的外孙家，年过九十的她依然健在。

"我得了白内障，眼睛有点不太好使。"

她这样说着。但交流完全没有任何障碍，记忆也很清晰。在跟她谈话时，我不禁在想，她那纤细的眉毛总是倒立着，时而还会露出冷峻的表情，究竟是因为背负了丈夫肆意妄为的前半生，还是缘于后来丈夫遭遇不测死于非命的影响？

国铁（现JR四国）土赞线从四国的门户高松站出发，沿濑户内海行驶一段时间之后，在多度津站向左拐一个大弯，然后就开向了赞岐山脉。列车穿过峡谷继续行驶，开过金刀比罗宫的门前町[①]琴平，很快就来到与德岛县的交界地，再往前走便是已经被人们所遗忘的赞岐财田站。

在紧邻大山的县界，奇迹般地形成了一块盆地。在那里开垦出的一小块水田一直被称作是"宝地"。这也是"财田"一名的由来。

赞岐山脉将阿波和赞岐[②]隔开，财田川就发源于山脉里的一座猪鼻岭上。财田川流至此地，伴随着两岸丰收的稻浪奔流而去。战后粮食危机发生后，开始有人背着包到德岛、高知等地来购买大米。他们就从这个小站下车。

香川重雄走出检票口，进了眼前那爿香烟店。那是他自己的家。回到阔别十三年的家中，他并没有就此安分下来。不久，他就在距离三四百米的下坡处的桑田地里，开辟了一块土地，请来木匠盖起了房子。虽然用的都是些旧料，但也建起了一幢

[①] 在寺院、神社的门前附近形成的街市。
[②] 阿波，现德岛县；赞岐，现香川县。

安静整洁的农家小屋。房子正面宽幅三间①半,纵深也有三间,一楼有八叠和四叠②的两个房间,此外还有二楼,屋顶更是铺着瓦片。香川很快就搬去了那里。

不过,跟他一起住的并不是长期同守寡无异的妻子常子,而是他的老母亲滋野。

新房子的土间③里,香川备齐了锄头之类的各种农具。他还开垦了五亩多旱田,种了些土豆之类的。但是,这也并不意味着他要踏实实来干农活了。相反,他常到附近的农户家去买米,然后沿着土赞线售卖给那些聚集而来的男男女女。香川作为黑市大米掮客远近闻名。关于和丈夫分居的理由,常子说:

"因为女婿是个勤恳的人,他反对做黑市大米生意。"

与紧邻车站很容易引人注意的小店不同,田地里的那栋房子堪称黑市交易的绝佳场所。西侧紧挨着严岛神社的地界,高高耸立的楠木树林让这个秘密交易的场所变得更加神秘。

香川顺便还养了一些斗鸡,开始染指斗鸡赌博。

母亲滋野去世后,那些来路不明的人越来越多,还经常因为金钱借贷的问题发生口角。

"我最近也烦了,不想干了。"

案发后不久,有传言说香川曾经吐露这样的丧气话。

战后的粮食危机仍在继续。

位于香川县和德岛县交界处的财田村,说起来就相当于警察的一个盲区,就方便购买黑市大米的人出没而言,是一个再好不过的地方。

---

① 1 间 ≈ 1.8 米。
② 一张榻榻米席子,即 1 叠 ≈ 1.62 平方米。
③ 日本传统民宅室内未铺设地板的地方。过去农民会在家里做一些手工活,所以土间会大一些,现代基本上就缩小到门口玄关处的一小块面积。

香川回乡已经五年。女儿富子生完第三个孩子，也已经过去四个月。一九五〇（昭和二十五）年二月二十八日，下午四点三十分刚过，常子跟平时一样在车站前的香烟店里看店。从阿波池田过来采买的增井鹤於沿着车前站的坡道匆匆忙忙地跑过来。

"老爷子、他、他浑身是血，倒在地上啦！"

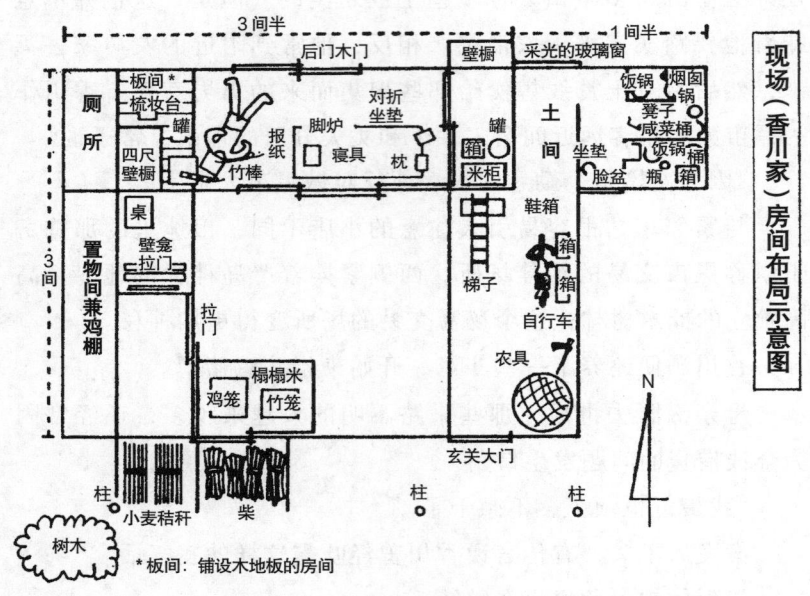

凶杀是在北侧的四叠发生的，被害人全身被刺伤三十余处

常子跐拉上门口的木屐，跟在增井身后。沿着那条从车站延伸出去的曲折小路，两个五十八岁的人朝着严岛神社的那片树林，跌跌撞撞地跑了下去。性格刚毅的常子先一步从厨房走进去。重雄仰面朝天躺在血泊里。他的左手伸出来，像是要抓什么似的，这时已经变得僵硬。旁边是滚落的假牙。常子把盖

在重雄脸上的报纸掀开一看，或许是凶器从嘴里也捅进去过，所以脸上全都是血。

就在常子准备离开时，她发现隔扇的和服架上挂着钱腰袋。那是用四层漂白布做成的，重雄除了洗澡的时候以外，从不离身。

"钱肯定是被偷了！"

常子的直觉告诉自己。

常子和增井返回到来时的那条路上。她们在现场停留了不足一分钟。常子回到车站前的小店，向抱着孩子正在来回徘徊的富子抱怨似的嘟囔了几句，然后突然大哭起来。

"明明答应说不弄了，可还在干着那些，这下出大事了。"

当时，财田村的驻地巡警人员空缺。邻村辻村驻地派出所的合田良市巡警接到通知后，立刻让旁边运输店的人开着一辆卡车，赶往了现场。

上高野派出所的巡警白川重男骑着自行车走了约十五公里。尚未铺好的砂石路面情况恶劣，在上面拼命蹬踩脚踏板的记忆，仿佛就发生在昨天。他们到达现场时，警察总署（国家地方警察三丰地区警署）的军械运输车（运送士兵用的吉普车）已经到达。通过紧急召令集结来的侦查人员开始现场取证。

《四国新闻》（一九五〇年三月一日）登载了如下报道。

财田村一独居老人被杀　面部等多处受伤严重，被害人同妻子分居生活

在阿赞边界附近的香川县三丰郡财田村，一位独居老人惨遭杀害——二月二十八日下午五时许，一位老妇人在拜访好友——香川县三丰郡财田村大字财田字荒户的农民香川重雄（63）时，未见其人，便心生疑虑，于是同该氏之妻常子（59）一同再次前往，发现该氏在里面一个四叠的小房间内惨遭杀害，遂向国警三丰地区警署辻村派出所报案。

接到报警后，三丰地区警署出动了藤野署长为首的警力，在现场附近的善教寺设立侦查总部，为确保科学侦查万无一失，他们还联系了冈山医科大学，邀请该校法医学研究室的上野博副教授于一日下午三时许进行解剖。

被害人香川重雄因故与妻子常子、长女富子（28）分居，独自生活。据说，他一边务农，一边做着黑市掮客，攒下了些许钱财。此外，其家中还常有掮客来访。

并非招人嫉恨之人　妻子常子所言

尽管因故分居，但他既不是受人赞许的那类，也并非让别人恶语相向之人，更不会招人嫉恨。这一点只要问一下村里人便可知晓。

侦查总部设在距离案发现场向西大约三百米的善教寺。这里是香川亲戚家的寺院。

调查方针如下。首先，调查第一目击者——黑市女买家的去向；其次，全面调查黑市大米交易的相关人员、斗鸡赌徒、有情感纠葛的相关人员、过路者，以及品行不端的前科人员等。四十三名侦查人员每天早上从善教寺里的总部出发到村里去，或是从财田站乘火车奔赴德岛和高知。

仅出入香川家的黑市大米交易相关人员接受调查的，包括大阪、德岛、高知县等地在内，已经达到六十八人。

《侦查情况报告书》（第一期）中这样写道：

根据现场情况，翻找财物的迹象甚少，四尺壁橱的柜锁原封未动，枕边的表和其他物品也未见异常。被害人通常随身携带的布制钱腰袋内大约两万日元现金有可能被劫走。

但所谓劫走了两万日元现金的说法是否属实尚不确定。被害人妻子常子也只是表示"之前好像是有现金"。致命伤为"外伤引起的大出血"，全身被刺三十余处，后用报纸遮住面部。由此看来，绝非单纯的偷盗财物之举。

《侦查情况报告书》中还有如下记录：

被害人还嗜好赌博，在斗鸡赌博中屡有果断大胆的举动，已是公认的事实。

进入侦查范畴的，除了上述"黑市大米掮客"之外，还有"有情感纠葛的相关人员"十五名、"品行不端的前科人员"三十七名、"遗留品的相关人员"八名，情况非常复杂。其中，现场遗留的背包的所有人和行为可疑的几人，均以"违反粮食管理法"为由另案抓捕，分别接受了全面彻底的调查。例如，以下几位：

住址　德岛县三好郡三名村川成　火车机车司机助手西谷寿秋（时年23岁）
住址　高知县高冈郡日下村大字下分　火车机车司机助手　村山辉（时年23岁）
二人均为高知县机务段工作人员。因在黑市购买主食经常出入被害人家,现场遗留的两个背包系列于下方的村山所有。对此二人先是以涉嫌违反粮食管理法为由,三月三日执行了逮捕令,继而又进行了检察拘留。就不在场证明进行审讯调查后,判定并无本案犯罪嫌疑,于三月十五日释放。

当时粮食紧缺,除配给的大米之外倘若自己不设法购入大米,根本无法生存。全国几乎所有人都靠着黑市大米(自由买卖)来糊口。东京一位法官宣称"不吃黑市大米",最终饿死,这一事件一度作为重大新闻被大肆报道。

  住址 高知市旭町××—××番地 正村定一(时年35岁)

在黑市上购买主食的常客,经常出入被害人家。二月二十八日(案发当天)乘坐下午四时四十六分抵达的列车,在财田站下车,后顺道去了一趟被害人家中。他因为酒醉鲁莽闯入杀人现场,接触过被害人的尸体。由于其言行存在可疑之处,三月七日以涉嫌违反粮食管理法为由被抓捕,后被检察拘留。经搜查住宅、不在场证明调查审讯等,未能认定存在本案犯罪嫌疑,于三月二十五日释放。

正村仅仅就因为酒后的豪言壮语,被拘留了十八天。刑警们其实很清楚,他是在案发之后才乘火车到达的。

正村定一自前一年的九月左右开始,常到香川家附近的一个寡妇人家购买大米。当天,他到达财田站时,在火车里同三四个人一起喝了很多烧酒。

出了检票口，正村听到案件的传闻后，误以为是吵架，于是就闯进了香川家。就在香川常子发现丈夫尸体后不久，警察还没到达之前。

正村从房子里跑出来时，脸色都变了。他对一同过来采买时认识的好友森山广子说：

"地上一片血泊，看那杀人手法怕是个外行人干的。好多处伤，死得简直太惨了。"

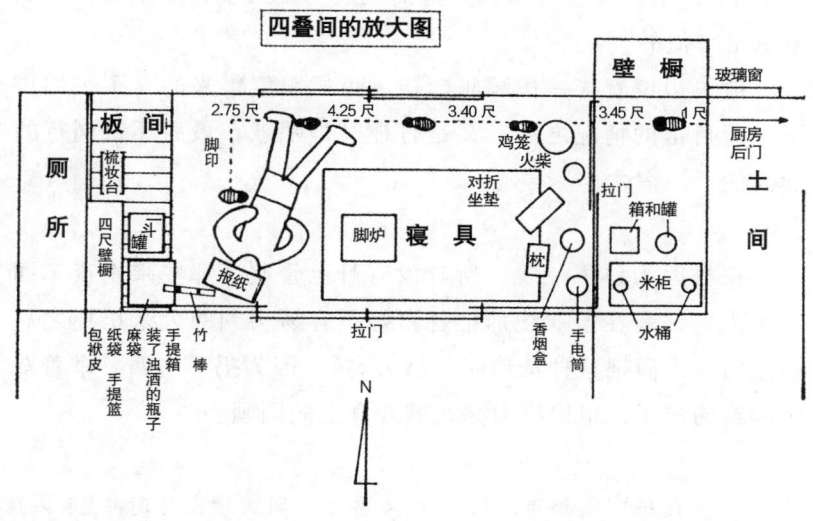

被害人脸上盖了报纸，拉门上有血迹，且房间前面部分留下了鞋印

之后，二人一起去了皆川雪野家。

"今天有吗？"

正村连声招呼都没打，直接就问了句有没有米。

"还有一点。"

没等寡妇回答完，他就进了屋。

"给我弄口饭吧！"

沏茶的一会儿工夫,他便打开饭盒大口地吃了起来。

"香川大爷被干了!"

正村嘴里一边吃着饭,一边说道。女主人雪野听后大吃一惊。她误以为是因为黑市大米被抓了。

"被捅死了。"

正村又重复了一遍。

"我走进他家里,一个人也没有。我就叫了几声,'老爷子、老爷子',结果发现香川大爷仰面躺成一个大字,眼睛瞪得像是要蹦出来似的。"

他一边说着,一边频频动筷。正村跟聚集来的女买主们讲了一通目击的情况之后,又是打趣又是唱歌,最后还跟同行的女人住了一宿才走。

正村因为住了一晚,所以没有赶上管制。那些乘坐夜车回去的人,都是在警戒线前把各自好不容易买到的大米扔掉之后逃跑的。人们把这种情形叫"格力高"。因为扔下东西,举着双手奔跑的样子,很像格力高奶糖外盒上的图画。

  住址 高知市通町×××番地 冈田靖夫(时年24岁)

在黑市上购买主食的常客,有过一次盗窃前科。同上述正村等人一起出入被害人家中,二月二十七日下午四点四十六分乘火车从财田站下车,在被害人家附近黑市购买大米二斗,原计划当天下午六点三十分左右,从财田站乘下行列车返回高町(高知市)。遭遇警察经济管制后逃走,投宿在被害人家附近的藤井正夫家,翌日二十八日乘坐上午六点四十五分发车的列车返回。其间作案时间充分,故以涉嫌违反粮食管理法为由，于三月七日实施逮捕，并予以检察拘留，后对其进行了住宅搜查、不在场证明调查等，姑且认定无犯罪嫌疑，三月二十五日释放。

  住址 高知县长冈郡长冈村野中 杉山 洁（时年19岁）
  住址 同上   山本多助（时年20岁）
  住址 同上   山本繁义（时年30岁）

  以上三位均为出入财田站附近的主食掮客。他们乘坐二月二十七日下午四点四十六分到达财田站的列车，于同一站下车，从被害人家附近的农户处分别购入了黑市大米，计划于当日乘坐下午六点四十一分从财田发车的下行列车返回（高知县）。后因遭遇警察的经济管制落荒而逃，杉山被没收了在黑市上购得的二斗大米后逃走。三人在被害人同村的佐野进方家休整了一段时间之后，于二十八日凌晨一时三十分，乘坐从财田站出发的列车返回。他们一度也作为嫌疑人，于三月二十六日，以涉嫌违反粮食管理法为由被逮捕，后被检察拘留，经过不在场证明等审讯调查，判定无犯罪嫌疑，于四月五日被释放。

  住址 高知市下岛町 北岛繁雄（时年22岁）
  在黑市上购买主食的常客，出入财田站附近，因同被害人有着相当密切的生意关系，故于三月二十五日以涉嫌违反粮食管理法为由被逮捕，后受到检察拘留。调查的结果是，不在场证明成立，不具有犯罪嫌疑，于四月五日释放。

  住址 高知县安芸郡安芸町 中山 洁（时年23岁）

经常从事鱼类和主食之间的物物交换，出入财田站附近，据高知县方面的黑市掮客传言涉嫌此案，故三月二十六日以涉嫌盗窃为由，实施逮捕，后受到检察拘留。经审讯调查，确定无犯罪嫌疑，于四月五日释放。

读了这些记录，可以了解到在事件发生不久，但凡有些许可疑行为的人都曾被当成"嫌疑人"以其他事由为名被抓捕，甚至遭到长期非法拘留。

犯罪现场不久就被拆除了，之后的很长一段时间都是一片空地，最近才建起了房子，住进一对年轻的夫妇。在它对面，还跟过去一样，住的是久田大助。时隔多年，我再去拜访时，才了解到久田因为遭遇了交通事故，一直瘫痪在床。

听他说，村子里的人全都被拉去过设于善教寺正殿厢房的侦查总部。就因为住在被害人家前面，他受到了格外严苛的审问。香川重雄曾向他借用过浴室，所以久田多次看到过他脱在廊子上的钱腰袋，里面塞满了厚厚的钞票。像便当盒一样，香川把它绑在腰间随身带着，村里尽人皆知。

案发当晚，久田睡得很沉，没有察觉到任何异样。一大早，他就和父亲两个人一起去烧炭了。等到回来的时候，发现家门口聚集了很多人，这才知道发生了案件。即便如此，他们还是被搜查了住宅。钻到地板下面的刑警爬出来时，头上全是蜘蛛网。那幅画面，他至今记忆犹新。

当时，村里的人在稻麦轮作的同时，会跨越县界前往德岛的深山里去烧炭。他们走上大约四个小时的山路把满满的四麻袋木炭背回来，为的是补贴家用。村民们一直以来过得似乎都很孤独闭塞,突然被卷入案件当中,接二连三地接受审问。

就在那个时候,香川的女儿富子对侦查人员讲述了她做的一个梦。

"事发之后,我做过好几次梦。昨晚,我梦见的是,父亲出现后,对我说:'犯人已经查出来了,是两个人。'或许是跟那件事有关系,我跟久田大助也提过好几次。吓得我把母亲也叫醒了,结果母亲说也梦见了父亲。

"今天早上,车站的山下和近藤说,昨晚两点半还是三点半左右,看到我家后面飞过来一个火球。我听了特别伤心,一大早赶紧跑到佛龛前拜了拜。火球飞过来的时间几乎跟我们做梦的时间是完全一致。"

就连这种毫无根据的证言也被当成了资料珍藏起来供后世参考,足见侦查总部对案件感到了束手无策。警察的无差别攻击,导致现场周围的村民互相之间都变得疑神疑鬼。侦查总部甚至收到了下述来信,揭发、检举之事肆意盛行。

  在此,我要举报一件可能同财田上荒户发生的那起案件相关的事情。

  事情发生在二月十日到二月十五日之间,是一起秘密宰杀猪的事。

  横川定夫有两头猪,以前宰过一头,年末又从岛尾拿了猪笼,将一头二十多贯①的猪在久保一美里的地里秘密宰杀,猪笼一直丢弃在原地。参与分赃的吉冈也是同伙。

  装作不知此事的荒户地区的村落实在可悲,让作恶之

---

① 1贯≈3.75公斤。

人横行于世。

　　这也会给青少年教育带来巨大阻碍。就此事件，还请警察能妥善处理，我等会继续关注。

　　谷口繁义作为三十七名"品行不端的前科人员"之一，从一开始就被列进了黑名单。但是，在白川重男撰写的《侦查情况报告书》（第一期）里，谷口的那一栏中写的是"并无嫌疑"。

　　事件发生两三天后的报告书中，谷口作为传言中经常出入琴平町花柳巷寻欢的六个人之一，被列出姓名。但只是记录了"谷口某某，时年二十二岁左右"而已。

　　之后，即便刑警们走访过谷口家，目的也只是收集信息。负责人浦野正明巡查的报告书中这样写道：

　　从旧历正月十五日至案件前大约一个月前，有两个高知市井野根人，先后两次来到财田上村售卖鲸鱼肉。其中一个男子三十岁左右，个子很高，还有一个二十三岁左右的矮个男子。

　　他们曾经去过谷口家询问是否有大米出售，据说也去了被害人香川重雄家求购大米。谷口说，那两个人从那以后就再也没来过。这些是谷口听说的，相反也证明了他去过被害人家里，所以关于这一点还将会进一步予以调查。

　　也就是说，刑警们就连那些协助警方调查的人，也会以怀疑的眼光来看待，并将其记录到报告书里。

　　《侦查情况报告书》中，关于谷口繁义的记述达到与其他嫌疑犯同等篇幅，是在案发后第四十一天即四月十一日，发给国警总部侦查科长的第二期报告书中。其中记录如下：

原籍　香川县三丰郡财田村大字财田上山××番地
住址　同上

　　　　　　　　　　　　石泽方明（时年20岁）

原籍　香川县三丰郡财田村大字财田上山三三二二番地
住址　同上　　　　　　　财田上正宗八二〇番地

　　　　　　　　　　　　谷口繁义（时年19岁）

此二人与被害人同村，因抢劫未遂前科，进入侦查范畴。在暗中侦查阶段，四月一日凌晨十二时三十分左右，二人携带切生鱼片的刀子和厚刃菜刀，潜入三丰郡神田村仝村农业合作社事务所（案发地的邻村），在寻找财物的过程中被值班人员发现。谷口用菜刀刺伤该值班人员腹部，后逃走。所致伤口治疗周期约为两周。四月二日因平素存在品行不端的问题，故被视为上述抢劫伤人案的嫌疑人，协助警方调查，后对犯罪行为供认不讳，目前已逮捕拘留。关于是否涉嫌本案犯罪以及不在场证明的相关调查等正在进行中。

谷口繁义于一九五〇（昭和二十五）年四月三日被逮捕，当时十九岁零四个月。原因是涉嫌同长他一岁的石泽方明一起潜入邻村的神田农业合作社，致值班人员受伤后潜逃。

石泽和谷口在两年前，曾乔装成电报投递员欲闯入同村一户农家，结果犯罪未遂，并因此被逮捕。当时，被判处的是有期徒刑两年零六个月，基于二人都是未成年人，故缓刑五年。之后，石泽去当了木匠学徒，而谷口则靠着在工地干活和烧炭

从死刑台生还

贴补家用。

两个人正值贪玩儿的年纪，窘于手头没有零花钱，于是商量着要搞些钱来，二人最终决定"去合作社干上一票"。石泽提议去偷自己比较了解的四公里外的神田农业合作社。就这样，事情敲定下来。

三月三十一日，风雨交加，傍晚之后电也停了。简直是个绝好的机会。手套、蒙面、手电筒也准备齐全。石泽在合作社的厨房里发现了切生鱼片的刀，谷口将一把长的握在手里，短的则由石泽拿着。二人借着风声潜入办公室，越过了土间里的米袋子，继续往里走。桌子上的手提保险柜里只放了一些零钱。

突然间，只听见什么东西倒下的声音。原来是石泽撞上了自行车。值班室里传来叫喊声。好像有三四个人。很快，就听到几个男人蹭蹭蹭的脚步声，手电筒的光线越来越近。桌子上的手提保险柜被照了一下，随即，光圈又对准了谷口蹲着的柜台后面。

谷口以为被发现了。就在值班人员准备要离开的时候，他突然跳到对方面前用那把切生鱼片的刀子捅了过去。结果扑了个空。

"小偷！"

对方大喊一声。瞬间，他又捅了上去。石泽扬起镰刀。谷口拦住他，不顾一切地逃了出去。

值班人近藤肇看到两名男子在小雨中沿着道路向东飞奔而逃。他当时穿着棉毛衫，外面还套了一件很厚的军大衣，所以，回到宿舍之后，才发现自己被刺伤了。

石泽和谷口朝着与自家相反的方向逃跑，并将凶器扔到了田里。二人绕了一大圈回到谷口家已经将近凌晨三点。石泽在谷口家的堆房里睡了一觉。

过了两天,石泽先被逮捕。他是依照前科人员名单被筛出来协助调查的。他身上穿着逃跑时从农业合作社抢来的一件衬衫。当天傍晚,基于石泽的供认,谷口也被逮捕。横跨在财田川上的政宗桥桥头就是谷口家。一辆带篷子的吉普车在门口刚一停住,就跳下来五个刑警。谷口被叫出来后,就像是遭到袭击一般被铐上手铐带走了。

自那天起,已经过去了三十一年。谷口繁义至今仍在狱中。
在神田农业合作社致值班人员受伤两周方才痊愈的抢劫伤人案中,谷口被判处有期徒刑三年零六个月。加上之前因"抢劫未遂案"缓期执行的两年零六个月,总计不过六年。但六年之后,他并没有被释放。而是顶着"死刑"的罪名,一直活到了令人窒息的战后。

案发时,三谷清美刚刚升格为副警部。接到来自辻村巡查派出所的第一消息之后,作为三丰地区警署侦查主任(刑事科长),三谷乘坐吉普车奔赴了现场。太阳已经落山,天色很暗了。他记得,当时邻村派出所的白川重男、合田良市两位巡警已经到达。不过,这一点同两位巡警所执"到达时,总署的侦查人员已经在进行现场取证"的说法存在出入。

香川重雄仰面倒在垫子上,左肩附近淌出黏稠的血浆,现场留有朝向出口的足迹。就在三谷侦查现场情况时,接到紧急调令的巡警仍在继续赶来。藤野寅市署长召集了三四十名部下。他命令大家两两一组分头加强监管。那一天大家都彻夜未眠。

翌日，三月一日，在距现场大约三百米下坡右侧的善教寺，设立了侦查总部。刚刚晋升副警部的三谷干劲十足。

涉及品行不端的前科人员三十七人，往来的黑市掮客五十三人，存在情感纠葛的十五人，遗留物品的相关人员八人，总计筛出一百一十三名嫌疑人。随即，以另案逮捕等形式开启了调查行动。但结果并没有发现任何有力的证据。后来，侦查人员就从四十三名缩减到了二十三名。

六月二十七日，从善教寺迁至正善寺的"财田村抢劫杀人案侦查总部"宣布解散。经过长达一百二十天的侦查，未能找到任何重要线索，侦查队伍中产生了一股强烈的倦怠感。但尽管如此，案件还是在"继续侦查"，只是呈现出陷入谜团的态势。

侦查工作的主体移交给了从辖区外的高濑副警部派出所过来支援的宫胁丰副警部。他在四月和五月的时候前往广岛管区警察学校研修，并不在现场。回来后，他强烈主张案犯就是本地人的说法。

三谷副警部和来自县警总部侦查科的市田山一松副警部等人都主张是外地人所为。宫胁向藤野寅市署长强烈进言"谷口犯罪说"，之后便接手了侦查指挥工作。此后，侦查主任由三谷换成了宫胁。

三谷在侦查总部解散后不久，也去了广岛管区警察学校。

在高松市郊的驾驶员学校，我见到了三谷清美。在历任多度津、善通寺等一些小城市的警署署长之后，他当上了香川县警察学校的校长。现年六十七岁的他，成了县交通安全协会的顾问。在这所驾校里，他负责给过来更新驾照的司机做讲师。

二楼一间狭长的讲师办公室里，面向窗户摆了一排桌子。从窗户可以俯瞰护岸工程的进度。坐在最靠里面的那位身材健硕的男子就是三谷。不当警察之后，他几乎又恢复了以往那种柔和的表情。头发里混杂着几缕银丝的他依然是老样子。不过尽管如此，面对为了询问许久以前那起案件而突然造访的我，他还是露出了严肃的表情。

"关于那件事，我回忆不起来什么，也不想再去回忆。"

他这样说道。被免去侦查主任一职或许是一种耻辱。他没有能拿下的谷口，后任宫胁副警部却让其认罪伏法，还因此受到了表彰。总结大会上，他在现场的一个角落显得异常渺小。

"不过，现在想想，那倒也好。"

"您觉得很遗憾吧？"

"不，说实话，我觉得是松了口气。"

三谷把神田农业合作社抢劫伤人案中已经明确量刑的谷口，从丸龟看守所转押到三丰地区总署的看守所进行审讯。但最终也未能让他供认。那句所谓的"那倒也好"充满了为自己未染指将谷口变成"死刑犯"一事而感到的一种安心。

在那之后，我又跑到他的家里见过他一面，但他还是什么也不想说。

"现在看来，那时候警察的侦查工作还是不行。"

这样说很像是在为自己没能抓到真凶开脱。

对宫胁丰副警部而言，谷口成了最后的希望。侦查总部解散前一周，宫胁将在神田农业合作社抢劫伤人案中已经下达判决并收监完毕的谷口从丸龟看守所提押出来，转到了自己管辖的高濑副警部派出所下面的拘留所。在之前的审讯中，谷口供认自己和一起长大的好友安井良一曾潜入香川重雄家，盗窃过一万日元后分赃。

因此，宫胁更坚定了对谷口的怀疑。但是，这起杀人案正如检验报告中记述的那样，是"在被害人就寝时，突然用短刀之类的利器将其刺杀"。这一点同他们为了弄点零花钱，整晚都藏在地板下的地窖里，然后趁主人外出的那一点儿工夫偷盗行窃的手法完全不同。

即便是在神田农业合作社的伤人案中，谷口也是在被发现之后，为了寻求退路才挥舞菜刀伤人的。他甚至把石泽方明抢起的镰刀都推到了一边。坦白地说，将"在被害人就寝时，突然用短刀之类的利器"刺杀的犯人形象同可以说有些胆小的谷口联系在一起，不免有些牵强。

在高濑副警部派出所的审讯开启了。副警部派出所较岗亭大小的巡查部长派出所规模要大很多。那座两层楼的小警署的负责人正是宫胁副警部。对于组织过大规模侦查阵容的案件，要审讯其犯罪嫌疑人本应该在总署进行，但宫胁有意将谷口押至没有看守人员的拘留所（临时监狱）里。

六月三十日，上诉期已过，两周前下达的神田农业合作社的案件量刑已经确定。按照规定，量刑确定后，犯人就要被关到监狱去。可此时，还未能拿到谷口关于杀人案的供认。

为此，宫胁捏造了"盗窃事件"和"暴力恐吓事件"等，以另案逮捕的形式继续扣留谷口，以确保把他留在自己手底下。谷口就像一只挂在了蜘蛛网上的昆虫一般可怜。

案发之后，谷口的确被列为"当地品行不端的前科人员"之一进入调查范畴内。但是，三谷侦查主任经过固执地逼问，最终也未能获得任何确凿的证据。负责周边侦查工作的刑警在报告中似乎也表示,"此人没什么大问题"。这条行将消失的线索再次浮出水面是因为一个月后的"神田农业合作社事件"。石泽和谷口的被捕增加了谷口杀害香川的嫌疑。而且宫胁比三谷还要执拗和强硬。

案发当时,石泽带女友去参观了在兵库县西宫市举行的美国博览会,因此,不在场证明成立。然而,谷口只有家人的证言,证明他在自己家里睡觉。这也成了他不幸人生的开端。

话说回来了,这样一个犯下抢劫杀人罪且手头应该还有抢来的钱财的男人,在一个月后,在刑警们还在村子徘徊,尚以犀利的目光严格监视的时候,再次跑到邻村农业合作社里进行盗窃,这波操作本身就很怪异。但是这种常识在警察那里却是行不通的。

关于刑警们的审讯,谷口在后来的信中这样写道:

- 谷口繁义致矢野伊吉的信(一九七三年一月七日)

    昭和二十五年四月二十日至二十五年六月六日,我在三丰地区警署接受审讯,当时同一牢房的是松田登(上高濑出身的一个男子),还有一个人,名字记不清了。那个男子之后不久就被保释出狱了。后来,又进来一个叫藤井的男人,他是观音寺町泉组的一个年轻人。

    我在总署的看守所里调换过两次牢房。换到别的牢房时,遇到过一个从财田村到善通寺去当养子的男人,叫户头,他腿脚有些毛病。其次,就是一个高知县中村的男子,还有就是仲多度郡琴平町的一个少年,叫高木。

    房间的大小有两叠左右。我觉得当时被关押在总署的人,几乎都是因为涉嫌杀害香川重雄在接受调查的。

我是因为另外一起抢劫伤人案被逮捕并接受调查的。后来，就香川重雄被杀的案件接受过三谷副警部和桥本刑警等人的审讯，其间宫胁副警部也曾就该案对我进行过大概两次审讯。

审讯的时候，他们一定会买来乌冬面给我吃，然后才开始审问。最初，三谷副警部问我："香川被杀了，你知道吗？"我回答说："不知道。"然后他又问："那附近有什么可疑分子吗？"我举出荒户、山胁的两三个小混混，然后刑警马上就出去了，一会儿又回来，说已经查过了，他们都说"没干"，如此说来肯定就是你跟石泽干的了！我根本没做过，所以一直凭良心坚持主张不是我干的。

我现在就只记得这些，那时他们的确做过什么记录，但不知道是否写成了笔录。

因为总署当时粮食短缺，所以允许家人过来探视、送些东西，拘押人员还一起出钱托人买过几次蒸白薯吃。另外，审讯也不是特别严格调查。

后来，我的犯罪嫌疑解除，就被转押到了丸龟看守所。在抢劫伤人案判决下达后不久，三谷、宫胁，以及菅巡查部长等人来了，说是要去总署，我就以为是去观音寺署。但结果是在上高濑站下的车，我被带到了高濑副警部派出所的宿舍，然后突然就被问道："你，说一下香川是哪天被害的？"我回答说："日期我忘了。""你二十七号晚上在哪儿？"我就回答说："那天晚上应该有星薰的戏，我那天晚上在家里跟弟弟一块儿在被窝里睡觉了。"三谷副警部很快就回去了。之后，宫胁副警部给我倒了两杯酒，喝了之后，傍晚我就被关进了拘留室。那是进门后的第二个房间，后来就一直没有换过。

房间结构是德式牢房，铁窗上镶着二厘米的方格铁丝网，房间面积大约有四叠。高高的天花板中央，不管白天、晚上都亮着一盏昏暗的灯。白天把被子放到隔壁房间，到了晚上，警官再给拿过来。当然也就是两三天的样子，后来就一直放在房间里了。每天都会有审讯，待在房间里的时间很少，白天在房间里待两三个小时。在房间里基本上都是找警官寻根烟，然后一边抽着一边聊天，或者就是躺着。房间里没有桌子。书信也不能随心所欲地想写就写，所以也就没给家里写。值班的警官把桌子放在过道的窗户旁边，离我住的房间大约三米远，总是在写着什么。

六月二十一日之后，我就一直待在宿舍或派出所的二楼，接受宫胁主任审讯。关于房间的构造，我印象中应该有七叠大小，壁龛处放有一张桌子，面对面进行的审讯。在场的值班巡警把我带到宿舍之后，宫胁主任就对他说："你可以回去了。"然后他就会离开。我现在还能记得起名字的巡警有山本、石川、菅三位。审讯通常是在十一二点，有时甚至会到凌晨一点多钟。

然后，早上四点左右就被叫醒，一直在宿舍里接受审讯到七点。有一天，田中警部、广田巡查部长突然从高松的侦查总部过来，后来又加上宫胁主任，在派出所二楼东侧角落里的一个房间里进行审讯。那是一间密室。开门进去，先是一个土间，在那里脱下鞋子进去，里面铺着榻榻米席子，房间正中间放着一张结实的长桌子。我在那里昼夜都在接受审讯。审讯结束后，那二位好像是乘坐最后一班上行列车回家。那段时间的见证人同在宿舍时一样，主要还是山本、石川和菅。不过，在派出所二楼时，他们总是在房间外面等着。

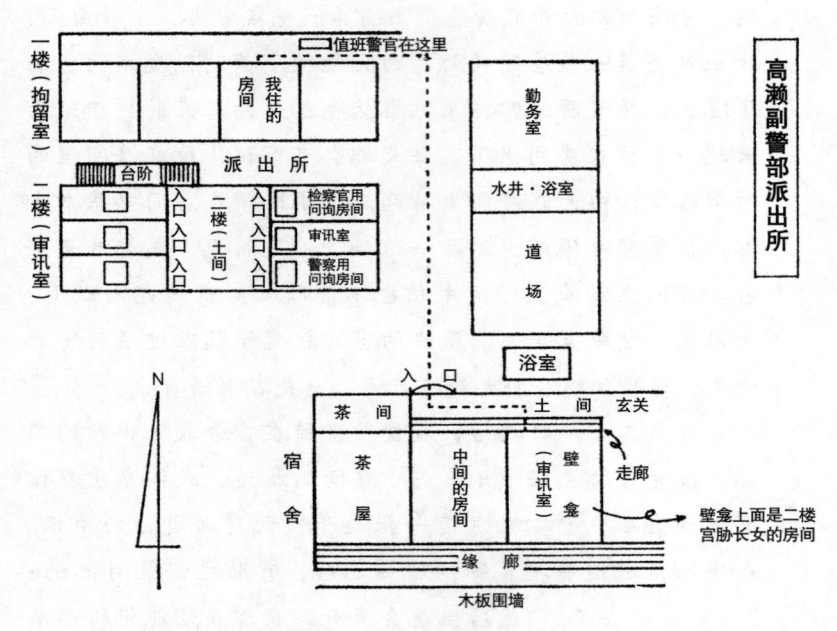

```
高濑副警部派出所
```

一楼（拘留室）：房间／我住的房间／值班警官在这里

二楼（审讯室）：台阶／入口／二楼（土间）入口／检察官用问询房间／审讯室／警察用问询房间

勤务室／水井·浴室／道场／浴室

入口／茶间／土间／玄关／宿舍／茶屋／中间的房间／壁龛（审讯室）／走廊／缘廊／木板围墙

壁龛上面是二楼宫胁长女的房间

谷口遭到减少伙食、限制睡眠等刑讯时的代用监狱

　　拷问是在派出所二楼东侧的一间密室里进行的。我两脚并拢，裤子外面用押送时的绑绳从小腿到脚踝缠上五六圈，然后让我跪坐下，手腕上戴着两副手铐。宫胁主任把手铐上绑的绳子拴在桌子腿上，田中警部一边拍着桌子一边审讯我，过程中我不知道自己昏过去多少次。我恳求过很多次，"就让我好受一点吧"，可他们始终没有答应。那时我虽然没有发出悲鸣，但却流了不少黏汗。在警局时我的身上留下了绑绳的痕迹，但是没受过什么伤。

接下来是吃饭的问题，刚开始一个大碗还能给盛上七成左右，但随着审讯越来越严酷，一大碗减得就剩下大约三分之一，我拜托勤务员给我再多来一点，结果对方说，这是规定。于是我又再三拜托宫胁主任和巡查给我增加伙食。这种情况持续了多日，每次审讯时，田中警部都会跟我说："快点招了吧！招了之后就能吃上好吃的了！"然后，八月前后，宫胁主任去了一趟我家，拿了些米和钱，让勤务员把那些做成盒饭，然后直接拿给了我。

宫胁主任的宿舍我也去过多次，具体次数记不清了。主任的宿舍入口在拘留所出来向南走到尽头。从入口进去后，房间的布局是右侧有一个茶间，南面是里屋，东侧是中间的一个房间，然后打开隔扇，东面隔壁的一个房间当成了壁龛，那个壁龛的上面是二楼。我被审讯时所在的房间就是这个壁龛。

宫胁主任的家人有妻子、长女（高中生）、次女（小学四五年级），以及长子（五六岁），有过交流的就是他的妻子、次女和长子。正如之前写过的那样，有好菜好饭，还让我在那里洗了澡，吃上了盛得满满的白米饭，前后好像得有三次左右。还有，鸡蛋酒[①]也喝过几次。然后，有一次，宫胁主任还让次女晚上买来饼干和牛奶糖之类的，一边吃着中间还一边唱着歌，我还在夫人和孩子们面前吹过口琴。

白天几乎看不到孩子们的身影，夫人会在茶间里打打毛线、做做针线活儿。孩子们有时也会在她旁边学习。在

---

① 用鸡蛋加糖搅拌，加入温好的清酒，搅拌成乳白色，有助于治疗感冒。

宿舍里的审讯，就是在壁龛里放一张桌子，我们两个人面对面坐下进行审讯。不过在宿舍里的审讯都不是很严苛。

宫胁丰是一九三三（昭和八）年从高松市内的一名派出所巡警起步。战前，他是一名隶属于特别高等警察科（特高）的视察员。特高一度专门管制提倡反战、和平的思想犯，在背后支持军部发动战争。不过，他参与的是抓捕、审讯总部设在美国的"灯台社"①和天理教的相关人员。

案发当时，宫胁是高濑派出所所长。关于自己究竟是发现香川重雄的尸体后的第二天才赶往的现场，还是接到报告马上就过去了，他表示已经记不清了。他原本是一名支援人员，却被委任了侦查主任一职，这是因为在侦查总部解散前，他曾向藤野寅市署长进言"谷口犯人说"，并得到采纳。后来，他这样说道：

> 拘留这个犯人的事，我是从消防团的人那里探听到的。他们说，作案人应该就在谷口、石泽、安井三个人当中。于是我就命令了下面的刑警，务必彻查这三人的品行，但迟迟未见行动。然后，我就去了学校（广岛管区警察学校）。后来，回警署时，发现村里有人说："那肯定是谷口干的，没错！你可以去查一下。"在对谷口的审讯中，他很倔强，什么也不说，所以从朋友、女性关系等方面开始问起。

---

① 1926 年 9 月，由明石顺三在日本神户创立，寓意为"像灯塔一样照亮这个世界"。同年 12 月创刊《灯台》，积极布道。明石顺三早年留学美国，后做过报社记者，在其夫人的影响下接触到"耶和华见证会"，并产生极大共鸣。"灯台社"即出于成立日本支部之目的促成的。"灯台社"的思想教义，是耶和华见证会的基础上，批判现实的国家和日本社会、批判战争。因此，在日本战时体制下受到残酷的管制和打压。

之所以会认定他就是犯人，是因为在神田村的抢劫伤人事件中也是在被侵入地的门口用凶器伤人，这一手法同财田事件完全一致。那期间，他还供认了曾盗窃被害者现金一万日元的事实。另外，在他弟弟的证言中，案发当晚嫌疑人回到家的时间是凌晨三点左右。对其朋友等进行调查时，发现大家不由得感叹"不妙啦"。根据以上这些线索，以及对相关人员的调查等，我们进行了合理的侦查工作。而且我认为将传言等作为侦查的头绪没有什么不合理之处，还应该不断地加以活用。

谷口被认为是嫌疑犯，只是毫无根据的"传言"而已。尽管如此，宫胁还是强行进攻。藤野署长对此也表示全面支持。藤野这样说道：

后来，就在侦查工作毫无进展时，神田村发生了抢劫伤人事件，谷口和石泽两名犯人很快就被抓捕。在这两个人中，谷口被认为同抢劫杀人案有关联。

这是因为作案手法一致，且他是本地人，另外还有一个原因，那就是某种莫名的"感觉"。因此，就把谷口作为抢劫杀人案的嫌疑犯开始进行调查。怎奈未能发现确凿的证据，使得调查工作陷入僵局。这时，宫胁副警部从学校回来，进行审讯，让谷口坦白了曾在被害人家盗窃过一万日元的事情。神田抢劫伤人事件之前他也曾潜入同一农业合作社进行过盗窃，在这一点上两者也是一致的，于是便开始了强有力的调查。

所谓强有力，倒也不是拷问之类的，而是抱着谷口就是真凶的信念进行的调查。我当时是个外行，凭"感觉"认为是谷口，于是就一直鼓励宫胁君，向县里汇报后，田中股长、广田巡查部长都前来支援，三个人一起进行审讯，最终让他供认了自己的罪行。

案发现场的财田村过去是在国家地方警察香川县总部三丰地区警署的管辖内。当时除了"国警"以外，每个小城市都设有"自治体警察"。国警香川县总部设在香川县县政府大楼内，那里的重案组负责人田中晟警部带了大约五个人过来支援。

田中带着部下广田弘巡查部长前往谷口的审讯现场，是在侦查主任更换成宫胁的七月之后。田中这样说道：

> 我和广田部长去支援时，证明谷口有罪的材料已经搜集到了。即那一万日元盗窃事件的供认、案发当晚不在场证明的模糊之处，以及在看守所里谷口问"杀人犯能保释吗"等言行。……调查事件重要的是要有信念。对案发当晚的不在场证明进行追查后，发现谷口与同伴分别之后，存在独自一人的空白部分。关于这一点再次追查，审讯开始的第四天谷口就坦白了。
>
> 但是，我也认为供词不够可信，果不其然，它确实不是真的。所有的罪犯在悔悟后坦白时，只会坦白事实，但谷口的情况不同，他是在强词夺理地供认，所以那是一份虚假的供述。不过，在这份虚假的供述中也有一些只有犯人才清楚的地方，如果多加注意，供述时不论真假，只要侦查到证据，就能判定出真实与否，随即便能逐步得到真实的供词。

因此，我等所感受到的是，如果以"他有可能是无罪的"心态来调查的话，自然调查工作就会变得非常缓慢，嫌疑人也会认为能够逃脱，也就不会坦白。所以坚定不移地抱着信念去调查是很重要的。但是，那种强烈的心情必须得依靠某种证据来支撑。

另外，如果调查时有"这人就是罪犯"的可能性的话，即使是得到虚假的招供，对是非的判断也会有益的。

（香川县本部发行的《警声》一九五二年十月号）

这三位警官的发言有着共通之处，那就是"即使没有证据，只要有'感觉'、凭'信念'，就能够去逼供"。谷口繁义第一次供认是在一九五〇（昭和二十五）年七月二十六日。这是他因为神田农业合作社抢劫伤人案被逮捕后的第一百多天。也就是说，这一百多天来他一直否认，之后才逐渐招认。这也说明他当时已经到了支撑自己肉体和精神的极限。

在此之前，谷口一直因其他案件被轮番指控，一个人被隔离在辖区外的高濑派出所的拘留所里。他本人的押解转移情况和（供述）笔录制作经过如下表。

六月二十一日谷口被三谷、宫胁等人带到高濑派出所的拘留所以后，每天都会就逮捕令中没有列出的"香川杀人事件"被所长宫胁逼问。审讯也只是为了得到供认而持续进行。在这期间留下的供述笔录，仅在宫胁调查的六月二十四日、二十六日、七月二十日的部分，分别否认了罪行。

然后，突然出现"供认"的供述笔录是七月二十六日在宫胁的审讯中。奇怪的是，虽然之前已经有过三次供述笔录，但当天的笔录也是以"第一次供述书"命名的。其中写道：

拘禁日期	拘禁地点	拘禁内容	笔录名称	完成日期	完成地点	调查员	提　要
4月3日	三丰地区总署	因神田农业合作社抢劫伤人事件逮捕	第1次供述	6月24日	高濑	营胁丰	交际情况
4月10日	丸龟看守所	转押	第2次供述	6月26日	同上	同上	嫌疑原因
4月11日	三丰地区总署	同上	第3次供述	7月20日	同上	同上	向弟弟坦白罪行
4月14日	丸龟看守所	同上	第1次供述	7月26日	同上	同上	供认罪行
4月19日	同上	因神田农业合作社劫伤人事件起诉	第2次供述	7月27日	同上	同上	同上
4月20日	三丰地区总署	转押	第3次供述	同上	同上	同上	同上
6月7日	丸龟看守所	同上	第4次供述	7月28日	同上	田中晟	否认罪行
6月15日	同上	神田农业合作社劫伤人事件判决	第5次供述	7月29日	同上	营胁丰	修改部分供述
6月21日	高濑派出所	转押	申辩记录书	8月1日	同上	同上	供认
6月29日	同上	因盗窃事件逮捕	第6次供述	8月2日	同上	同上	修改部分供认

（续表）

拘禁日期	拘禁地点	拘禁内容	笔录名称	完成日期	完成地点	调查员	提 要
6月30日	高濑派出所	神田农业合作社抢劫伤人事件判决确定	第1篇手记	8月2日	高濑	宫胁丰	
7月2日	同上	因盗窃嫌疑拘留	申辩记录书	8月4日	地检支部	中村正成	供认
7月11日	同上	上述嫌疑解除，释放	第1次供述	同上	同上	同上	同上
同上	同上	因暴力恐吓嫌疑逮捕	第7次供述	8月5日	高濑	宫胁丰	供认
7月13日	同上	因上述事件拘留	第2次供述	8月11日	同上	中村正成	同上
8月1日	同上	上述嫌疑解除，释放	第3次供述	8月14日	同上	同上	同上
同上	同上	因抢劫杀人事件逮捕	第2篇手记	8月17日	同上		
8月4日	同上	因上述事件拘留	第3篇手记	8月19日	同上		
8月23日	同上	因抢劫杀人事件起诉	第4次供述	8月21日	同上	中村正成	供认
8月29日	丸龟看守所	转押	第5篇手记	8月24日	同上		
			第5次供述	8月25日	同上	中村正成	供认

我于六月二十二日来到高濑，正如前文说的那样，我撒了谎，没有供述自己杀了香川重雄、偷了钱的事情。原因就是，我想：

1. 如果判刑的话，很可能会被判处死刑；
2. 因为没有证据，不供认也就没人知道。

怀有这种想法，却又决定要招供，是因为我觉得警方已经掌握了确凿的证据，而且，在这个时候，我也想清算一下自己的罪行，净化自己身体，去除心中的烦恼……

这份供述笔录用的是 B4 的格纸，是一份长达三十二页的详尽资料。

我本想把香川唤醒，然后威胁他，抢劫他的钱财。于是就趁着香川睡觉时，弯着腰在他右侧，用右手拿着切生鱼片的刀，抵住距离脖子（喉咙）大概一尺左右的地方，一边"喂喂"地喊他，一边用左手招呼他醒来。

"把钱拿出来！不然就杀了你！"

这时，香川用右手推开刀（或许是握住了，我不清楚），道：

"你干什么？！"

于是我把刀拿到手上，同时，香川起来，感觉像是要向我扑过来的架势，我便下意识地用刀子刺中了他肚子的位置。这时，老爷子大叫了一声"啊"。

也可能是叫了两三声。我往前又捅了一下，香川跑到壁橱附近，我从后面胡乱地刺一通，然后又从上面砍了几刀。具体是几刀我自己也没印象了，就只是一个劲儿地乱砍乱捅。

　　香川老爷子想要逃跑，好像是大声呼救了，但我记不太清了。他头朝壁橱，脚冲拉门，仰面倒下。整个过程不足十分钟。我觉得，那时香川连声音都没发出来，直接就死了。于是，我就从他左侧确认了一下他到底死了没死。

可是，在翌日二十七日的笔录中又做了如下订正：

　　在我昨天的供述中，那些遗漏的、遗忘的，甚至是错误的点，我在拘留所里都回想起来了，现在想说一下。
　　我最初将切生鱼片的刀捅到了正在熟睡的香川身上，香川惊醒后，把捅过来的刀推开，同时用那只手在我的脚下面扳了一下，结果让我来了个屁股蹲儿。
　　当时，香川已经起身，我也马上站起身来。要说站起来的瞬间，我记得香川比我快一点。那一刻我觉得自己一旦慌乱的话就会被制服，于是就往老爷子胸部和腹部乱刺一通。

第三次供述笔录的日期同样也是七月二十七日：

　　因为之前两次的供述中都有遗漏的点，所以我现在开始要认真地陈述。
　　在刺伤香川重雄一刀之后，我和他正面相向，中间隔着二三尺。我印象中，香川身上穿的应该是一件和式睡衣，表面非常凌乱。捅完一下后，他望着我，叫喊，小步往后退了两三下准备要逃走。

从死刑台生还　　047

但是，在案发后不久完成的检验报告中记述的"在被害人就寝时，突然用短刀之类的利器将其刺杀"与供述中一边拿着切生鱼片的刀子，一边"喂喂"叫喊着乱捅的描述大相径庭。

把擅长业余摔跤的香川摇醒，也是一项出乎本地人常识之外的举动。更何况，用短刀和切生鱼片的刀子造成的伤口应该是会有明显差异的。后来，宫胁在公审的证词中表示："谷口一开始供认说，凶器扔到自家井里了。"然而，招认的第一次供述笔录中记录的是"从财田川上的轰桥旁扔到了河里"。这一点在后面的供词内容中也有记载。第一次的这份供述记录完成的日期本身都令人怀疑。

所有的供述笔录在最后都有"以上陈述记录已向陈述人朗读，确认无误，已签名、捺指印"。但这些不过是形式罢了。

次日即七月二十八日，不知何种原因，审讯官换成了县总部的田中警部。在那一天，谷口突然全盘否认了之前的供词。

第四次供述笔录中，这样记载道：

前天以来，我一直说自己是杀害香川老爷子然后偷走钱的真凶，被问到时甚至连作案时的细节都描述了一番。但事实上，那是在撒谎，我绝对不是犯人。

可是，次日宫胁的审讯中，只字未提前一天否认供词的事情，就像什么也没有发生似的，接着迄今为止的认罪供词，整齐地写满了三十六页格子纸。

其中，谷口对之前的供词做了大幅变更，他不再是沿着房前种植的那棵橘子树爬上二楼入室的,而是用生鱼片刀把一楼厨房防雨窗上的木板推开进去的。谷口还供述说,因为担心香川又活过来,于是解开他胸前的衬衫,又在心脏的部位捅了两刀。捅的这两刀在心脏内部分别形成了两处创伤,因此这一点被认为是"非犯人不可知的情况",也是后来的审判中争论的焦点。

但上述说法成立的前提是案发翌日,侦查人员对现场进行的司法解剖漠不关心,没有得到任何信息——这完全是一种孩子气的狡辩。

然后,八月四日,中村正成地方检察官的审讯产生了一份内容庞大的笔录。这也是当天为止调查报告的集大成,堪称完美至极。因此,这份笔录被采用为死刑判决的证据。

● 中村正成地方检察院检察官在审讯中获取的供述笔录

香川一个人开着灯,头朝向我要进去的入口(东面),正仰卧熟睡。于是我想,如果被他看到了脸就麻烦了,便把当时有大约四五寸长的头发翻垂在脸上,一直盖到下嘴唇下面。我把自己的头发遮到前面,为的是不让他看到我的脸。然后,我侧着身子潜入房间。我在香川的枕边找了一下,发现没有钱腰袋。就因为没找到,所以想着不然先把香川做了(杀死之意),再找钱。我弯着腰,把刀子的刀刃朝下,紧紧地握在右手里,然后从香川的右侧瞄准了喉咙捅了进去。结果因为头发遮住了脸,看不太清,手一抖,就插到了香川的左下巴附近。

关于这一点,在警察审讯时,我说的是对准香川的嘴巴捅下去的,但事实上是朝喉咙捅的。另外,之前我曾提过，自己用刀子抵着香川，要求他把钱交出来，这段对话也并非事实。

如上所述，在用刀子捅向香川面部的一瞬间，被刺伤的香川"哇"地大叫了两三声，左手握住捅在脸上的刀刃，我立刻将刀抽回来。香川迅速用双手将被子推开，抬起上半身，坐在了褥子上，又大声叫喊了几句，具体喊的是什么记不清了。我担心这个声音要是被后院的久田大助听到的话就麻烦了，于是弯着腰很快又在香川的右侧面部附近戳了两三次。香川想往我进屋走的隔扇附近逃，我就从背后朝他的头部用刀砍了一两下，然后堵在香川面前，面向香川站在了门口。这下子，他又朝北侧的拉门爬去，手扒在拉门的格棂上，我就想着从背后再朝他腰上捅一刀。

后来，香川用手指扒着拉门，眼睛盯着我拿的刀，开始爬，发出几声好像在求救的声音。但是那声音已经比刚才弱了很多。然后我又朝着面向自己的香川脸上捅了四五次，他弯着腰朝向我，我又在他脖子上戳了三四次。

然后，他头转向壁橱，脚朝着北侧的拉门，斜着仰面倒下，手脚和全身都在抽搐，这时就已经不作声了……

我担心香川过后还会醒过来，就想着要往他心脏上捅一刀，于是我就跨在香川肚子上，把坎肩和棉褂撩到上面让他露出胸部，右手持刀，刀刃向下。万一戳到肋骨，恐怕就捅不透了，于是我把刀刃冲着自己，向左侧斜下方冲着左胸部大概是心脏的位置，捅进去约五寸。我看着没流血，于是把刀拔出来两三寸（未全部拔出），又刺入到相同的深度。那一瞬之间,我看了看香川的情况。他已经完全不动了,可以放心了,香川已经死了。想着这些,我就把刀子拔了出来。

如上所述,我把香川的棉袢和坎肩之类的撩到了上面,然后捅了胸部,这是因为如果不这样做,我就判断不清心脏部位,很有可能捅错了地方。另外,如果从棉袢外面刺进去的话,之后被人发现时,恐怕很快就看到心脏的刺伤,这就麻烦了。

倒在地上的香川在左侧靠近壁橱的地方流了很多血,从脸和嘴里流出来的血滴在榻榻米席子上很多。

劫走了钱腰袋里的钱之后把它搭到了和服架子上的事,还有用报纸遮住香川的脸的事,为了伪装自己不是犯人,迄今为止的审讯调查中我一直谎称自己毫不知情。但事实如上所述。

为了推迟发现时间,把撩起来的棉袢和坎肩又放下来,然后用报纸伪装等,谷口解释了这些离奇的行为,但这份供述不像是一个犯人说的,因为它太过客观,更像是从目击者的视角讲述的。

关于这件事,在前文提及的谷口写给矢野的信中是这样写的:

- 谷口繁义致矢野伊吉的信

  检察官审讯时,是在派出所二楼东侧、北侧的房间里,总是在下午一点左右开始,具体日期我记不清了。

  我接受检察官的审讯不止两三次而已,应该是很多次。

检察官审讯时，他们进入房间后会坐在南侧，我则后背朝北侧与检察官相对而坐，其左侧检察事务官坐在椅子上。另外，宫胁主任会在入口处等候。他总是在翻看着检察官写的什么东西，然后，这个那个地进行强制诱导，我明明没有招供，他们却用我根本看不清的小字做了笔记。他们还多次威胁我说，如果不招的话，家人也会被拘留，不过倒是没受到拷问。

我并不记得自己曾经接受过能完成如此庞大笔录的审讯。

被另案逮捕的谷口，因这起抢劫杀人事件被逮捕，是在案发六个月后的八月一日，即第一次供认的五天之后。申请逮捕令的是宫胁丰，下达逮捕许可的，正是后来判决他死刑的津田真法官。

> 逮捕令
> 犯罪事实主旨
> 嫌疑人于昭和二十五年二月二十八日凌晨二时三十分许，用切生鱼片的刀（刀刃长约九寸左右）将在三丰郡财田村大字财田上字荒户番地不详的家中四叠大的里屋就寝的香川重雄（时年六十二岁）捅伤。后又捅伤其头部和面部等处，香川试图逃跑，嫌疑人又在香川背后连砍十数刀，致被害人倒地。嫌疑人唯恐对方苏醒过来案件暴露，便又从其嘴部捅向了喉咙，约一分钟后，被害人身体再无动静，随后嫌疑人再次捅伤被害人心脏部位，因未见出

> 血，便将凶器反复捅刺。被害人全身共计三十余处创伤。此外，嫌疑人还从被害人钱腰袋里劫走现金约一万八千日元，后潜逃。

起诉是在拘留期限几近截止的八月二十三日提起的。"抢劫"金额在起诉书中被改为"一万三千三百日元"。

第二章 狱 窗

在没有证据的情况下,谷口繁义就被宣判了"死刑"。高级法院、最高法院均维持了这一判决。对冤情的申诉也被无视。

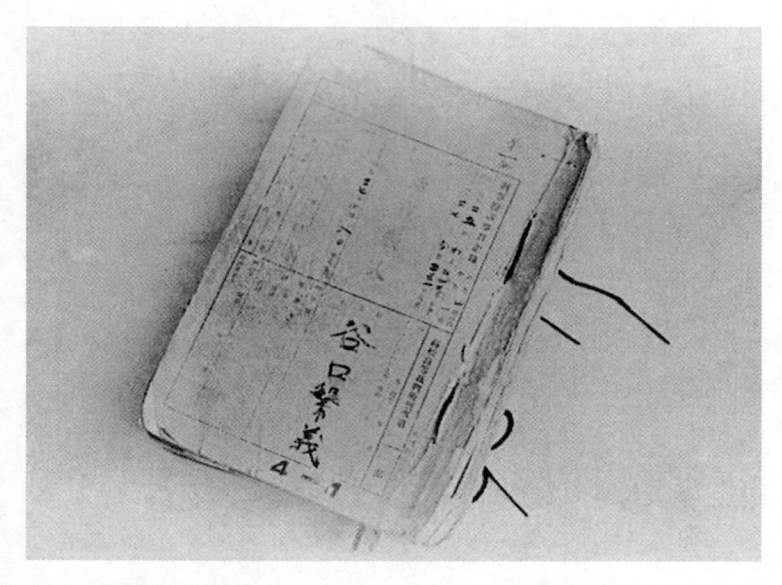

手记、笔录均系检察官、侦查官伪造，证据搜查竟然也是杜撰出来的

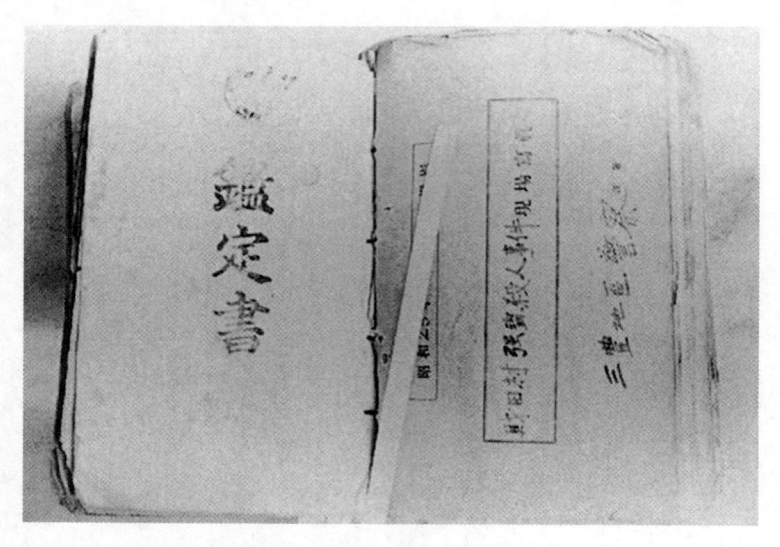

事实表明血迹鉴定是由古畑种基教授的学生以其名义代为鉴定的

谷口繁义的弟弟阿孝刚满十七岁。那时候,他正在当地的一家建筑公司打零工。一天,他被高濑派出所叫去与哥哥见面。

关于案发当晚的情况,此前阿孝在接受宫胁副警部讯问时,一直表示自己"和繁义一起在里屋盖着一条被子睡觉。隔壁房间住着因为过年专门从冈山赶过来的祖母"。

宫胁在阿孝面前,把他获取的那份谷口的供述笔录读了一下:

"'杀了人之后,我回到家,心里犹豫过要不要进去,但最后还是打开门走了进去。弟弟已经躺下了。我刚准备也要躺下时,他问我,去哪儿了?我告诉他,去喝了点酒。然后就一块儿躺下睡了。'是这样吗?"

宫胁大声喊道。

哥哥谷口繁义双手戴着手铐,一副可怜的样子坐在旁边恳求他:

"没关系,你就按主任的意思说吧,拜托了,拜托了。"

阿孝用充血的眼睛盯着哥哥:

"我才不会说那种谎话！"

"没关系，你就说吧。"

宫胁补充道：

"要是敢隐瞒的话，就得跟你哥一块儿去死！"

就这样，谷口的不在场证明被彻底推翻。

可是，重要的证据还是一项也没有查到。依照供述，警方淘遍了谷口家的水井，还调动消防队打捞了财田川的河底，结果没有发现那把凶器——"切生鱼片的刀"。现场留下的鞋印和谷口的鞋并不一致。上衣、夹克、外套、围巾、皮带、袜子、登山帽、手套、裤子等等，家里像样的衣物统统被扣押，拿去鉴定。结果并没有发现能够证明他骑在被害人身上往下捅刀的血迹。

就猜测中被劫走的约一万三千日元追问谷口，他供认：因神田农业合作社的伤人事件被逮捕之前的一个月里，消费了五千日元；被捕时，他双手戴着手铐被警察架着两腋押上押送车后，又将剩下的八千日元从车窗扔到了外面。

那是连技艺高超的魔术师都不可能办到的。警察们拼了命地搜查，连半点儿"有人在路上捡到从天而降的百元大钞"的传闻都没有。

根据一九四九（昭和二十四）年一月一日实施的《新刑事诉讼法》，审讯调查开始从偏重供述转向重视证据。跟宫胁副警部一样，战时作为特高成员一度发挥其铁腕威力的田中警部也并非不了解此事。或许正是由于这个原因，来谷口家的警官才当场让阿孝脱掉身上穿着的那条裤子，连扣押证明都没有就扣下了。

谷口繁义被拘押了近四个月之后，终于"招认"。尽管留下了能再现罪行的庞大笔录，但仅凭供词，还是让宫胁和田中感到了不安。所以，才出现了谷口的"手记"。

一九五〇（昭和二十五）年八月二日的第一篇手记中，他这样写道：

　　一直以来，我其实欺骗了警察、村里的人，以及诸位。接下来，我会发自内心、认真地把这一切都说出来，恳请大家原谅。都怪我过去的迷惘，现在从心底里认识到了自己的错误。

　　我说过，在神田抢劫伤人事件之后的那天早上七点左右，哥哥阿勉把鞋子拿回了家。那其实不是一双黑色"短靴"，而是一双军用"靴"，至今还在家里。当时，我想用剪刀把它剪成凉鞋的，就一直在家里放着了。

　　其次，关于刀的问题，确实没错（就是切生鱼片的刀）。然后就是在香川老爷子的家，我进去之后把东侧的拉门向左打开一看，发现没有钱，于是就用刀抵住香川，问他："喂！交钱，还是要命！"我把刀架在香川的脖子上，结果他握住了我手里的刀，问我想干什么。我把他攥住的刀抽回来，他连忙站起身来，然后想要抓住我的手臂，我就迅速地捅向了香川的身体。

　　就这样，香川马上一个转身，想从我刚才进来的东面一个角落逃跑，于是我就又往香川的（腰部、头上）捅，这次香川又靠北面跑。他一边大喊，一边跑向厕所，我就往他背上砍了一刀，后来怎么弄的我也不清楚了，但是香川就倒在了西侧的壁橱旁，我用左手拿起香川的钱腰袋，还用香川的衣服擦了擦刀，当时我的手被弄脏了，也是用他的衣服擦的。……

这是第一篇手记的大约一半内容。当然，手记和供述笔录的内容基本相同，文体也很相似。供述笔录并不是速记，而是由审讯官对被告人所说的内容概括整理后完成的，手记的文体同审讯官的风格相似。这篇手记和笔录非常相似。

谷口的手记总共多达五份，虽然错别字很明显，但几乎没有涂改，甚至可以说是条理清晰。但是，对于能写这么大篇幅的人来说，错别字就显得实在太多了。虽然称不上是妙笔，也能让人充分读懂，可奇怪的是，这些手记竟然还附有用侦查官的流畅笔调反译[1]的"手记誊稿"。

　　第一篇（八月二日）　　　　一二六〇字
　　第二篇（八月十七日）　　　二八八〇字
　　第三篇（八月十七日）　　　一五六〇字
　　第四篇（八月十九日）　　　八〇〇字
　　第五篇（八月二十四日）　　九〇〇字

三周之内谷口完成了五篇手记。而且，在八月十七日写了两次，共计写了大约四千四百字，用四百字的稿纸，需要十一页。若是不太喜欢写作的人，恐怕是没办法完成的。从这些手记全都附有反译版，也能推测出证据匮乏的侦查当局在这些手记上是如何尽其能事的。

---

[1] 原指把翻译后的文字回译到原语言，或将速写符号写为普通文字。这里应该是指把手记中的错别字等誊写成正确的文字。

谷口繁义是从高等小学①二年级中途退学的。从成绩单来看，没有特别喜欢国语的迹象。小学阶段的国语基本上都是"可"，其他科目也有"良"的时候，但只有这个学科都是"可"。从高等小学退学后，他从事的是体力劳动，完全没有过执笔的环境。写信也是在监狱里生活久了之后的事。

半年后的一九五一（昭和二十六）年二月前后，他在狱中写的意见书极其简洁，未见有手记里的那类错字。

"我当时既没有穿着这身衣服去香川家里，也没有杀过香川。所以不可能会沾上那种血渍。请各位再仔细调查一下。"

这是从阿孝穿的那条裤子上发现了血迹后，他对此提出的怀疑。他的手记中用了很多错别字，也反映出侦查官认为没有学问的谷口应该会写出那么多错别字的主观臆断。或者说手记未必就不是照着作为反译的"誊稿"写出来的。后来，谷口在给矢野的信中这样写道：

我不清楚写手记的经过。不过，在派出所二楼，田中和广田二人在的时候，宫胁主任曾跟我说："你晚上也会做梦吧？你就把那些都写出来！"回到拘留所里，我就在两三张废纸上，写了梦到的山体滑坡的情景，还有我在蚊帐里睡着觉，邻居家大叔叼着烟袋不停地在周围转悠的梦，我记不清是交给谁了。印象中应该是八月之后交的。不过也就只有一次，也没看见过什么范本。

而且，我也不记得签过名、按过手印。我没有在废纸以外的纸上写过手记，所以关于手记我没办法作出详细的

---

① 日本旧学制中，小学阶段分寻常小学和高等小学，1907年后，寻常六年，高等二年。

回答。

拘留所里没有桌子。在一个盛夏通风恶劣的狭窄房间里，总计要写五份、近七千五百字的手记，可以说是超乎常人的工作量。但尽管如此，却真的存在那样的"手记"，它不是写在废纸上的，而是写在格子纸上的，甚至连签名和手印都有。还有一件不可思议的事情，那就是每份手记都附有两份不同笔迹的"誊稿"。

一九五〇（昭和二十五）年八月二十三日，谷口繁义因"抢劫杀人案"遭到起诉。

财田村抢劫杀人案得以破获
审讯半年终奏效，服役强盗遭起诉

当地报纸《四国新闻》以两版头条的形式进行了报道。
藤野寅市三丰地区署长称"夙愿达成"。

侦查工作在一切恶劣的条件之下持续了半年，创下了我县设立侦查总部后持续侦查时间最长的记录。尽管在案件侦查过程中已经做好了要打一场持久战的心理准备，但还是希望能在被害人去世后的第一个盂兰盆节[①]前，即在八月之内破案。这一夙愿得以达成，在盂兰盆节时可以去拜祭一下了。案件得以破获的功臣就是高濑

---

① 相当于中国的中元节，是日本人祭祀先祖的节日。

副警部派出所的宫胁副警部,这是他敏锐直觉和不懈努力的结晶。

这段讲话配的照片不是藤野署长的免冠照,而是"大功臣"宫胁副警部的制服照。

宫胁应该是得意至极了。但是,长达六段的报道读下来,丝毫没有明白谷口为什么会被起诉。报道里只谈到了"尽管侦查工作陷入了僵局,但该警署的宫胁副警部为搜集旁证,废寝忘食,努力终于收到效果,在调查其他罪行的过程中得到了确凿的旁证","最终进行了周密的调查,得到了有力的证实,终于在案发后的第一百十七天的二十三日提出起诉"。对作为决定性证据的裤子和手记,只字未提。

据推测由宫胁执笔的报告书《关于抢劫杀人案件的逮捕》中就"逮捕的线索",记述如下:

> 凭借刑警特有的"直觉和手段"进行推测,进而扣押逮捕,从各种其他罪行入手展开不懈的追查,包括对不在场证明、金钱酒色关系等问题的细致侦查,从而加深其犯罪嫌疑。同时,就供述与罪行之间的矛盾进行深入的探究,让其没有辩解或虚假供述的余地,以退为进,步步紧逼,最终达到让他主动供认的目的。此外,还经过多次的住宅搜查以及相关人员的调查,获得一些不可撼动的物证,迫使嫌疑人不得不主动供认。

怀疑嫌疑人涉案的充分理由如下。

(一)行为品性

嫌疑人谷口繁义性情急躁、行为粗暴,经常同不良之辈一起进行暴力恐吓，还好吃懒做，挥霍浪费，举债无度，可以说是出了名的"农村小混混"，令人心生畏惧。

（二）前科

抢劫伤人前科一次（昭和二十五年六月十五日）有期徒刑三年半

抢劫未遂前科一次（昭和二十四年八月）有期徒刑二年半缓刑五年

目前正在送审的案件，暴力恐吓一起，盗窃一起。

（三）手法

作案手法是以现金为目标，持凶器抢劫。

（四）风评

财田村部分村民风传："谷口既打过人，又干过恐吓伤人的事，还偷过钱。如果犯人是本地人的话，肯定没别人，就是他。"

（五）矛盾嫌疑点

1. 关于与现场遗留足迹相符合的那双嫌疑人的黑皮短靴的处理方法存在矛盾点。

（家人菊太郎、阿孝供述说，去年年底短靴被偷了；嫌疑人供述说，今年四月二日"神田抢劫伤人事件转天"哥哥阿勉拿回来了；哥哥阿勉辩解说，没有带回去。所以关于这一点真相不甚明了。）

附上父亲菊太郎、弟弟阿孝、哥哥阿勉的供述笔录、书面说明。

2. 犯罪计划主旨。

去年八月以后曾先后三四次向朋友佐藤信一透露，今年二月中旬又对弟弟阿孝透露（两次），说要是不去抢劫香川或是"巴库拉"①，手头就没钱了。实施犯罪时，他同好友安井约好一起。

3. 二月二十八日凌晨二点三十分左右作案之后，三月中旬，嫌疑人曾跟恋人大久保广子透露"我最近被警察盯上了"，同样是那段时间，还对浅田君子吐露"案件发生之后我很害怕，打算要到山里面去找点活干"等事实。

4. 持有匕首的事实，以及用刀捅（狗的）心脏的事实。

5. 拘留过程中曾两次提及："如果是我杀的会怎样？就算上了绞刑台，只要时间足够，我身体又强壮，肯定能逃吧。"（看守巡查报告书）

6. 关于犯罪当晚的"不在场证明"，弟弟阿孝流着泪（或许是出于不安和遗憾）供述说，他凌晨三点半左右回来的，与犯罪事实相符。

在对上述各点进行调查的过程中，昭和二十五年七月二十六日，犯罪嫌疑人首次为罪行流下悔恨的眼泪，自愿供认一切犯罪事实。

（六）基于抢劫杀害香川的供词进行的证据搜查

1. 对犯罪行为供认不讳。

供述和实际情况鉴定书、现场的照片及行凶的方式，以及从受伤至死亡期间的情况等完全相符。

（附供述笔录，及实际情况鉴定书、照片与现场图）

2. 有关抢劫的约一万八千日元现金消费内容的证据，查到了约二千五百日元。即用于付账（付给今井国三郎约一千日元，常包阿常一千日元左右，其他还有五百日元

---

① 原文是"バクラ"，应该是彼时当地商店之类的地方。

左右）。

（附供述书和呈报书）

3. 凶器——一把切生鱼片的刀，正在轰桥下搜寻，疑似附着有血迹的衣服正在送检。

4. 关于凶器的出处与供述一致，盗窃事实正在查明。

上述报告书中只是写了让一个可疑男子招供的信息，并没有出示任何证据。

财田村抢劫杀人事件的第一次公审于谷口被起诉的三个月后，即十一月三日，在高松地方法院丸龟支部开庭。从那里的正门能够望到丸龟城。

身穿黑色法衣，左右两边跟着陪审员的津田真审判长进入法庭。一年前，他在神田农业合作社的案件中，判处了谷口三年零六个月的刑罚。津田从法庭正面的法官席上俯视证人席上的谷口，依次询问了谷口的姓名、出生日期、职业、住所、原籍，按照规定进行身份确认。

中村正成检察官宣读完起诉书后，津田审判长说明道：

"被告人有权对提问保持沉默，也可以拒绝陈述。在法庭上陈述的内容不论对被告人是否有利，均将成为证据。"

然后，他询问被告人，就起诉事实有没有要陈述的。谷口毅然说道：

"我完全不记得有这种事实。"全面否认了罪行。

审判长接着请辩护席上的田万广文发言。身材高大的田万律师当时是香川县选出的社会党国会议员。他也做了一个非常简短的发言：

"同被告人一样，没有其他要说的。"

审判就这样开始了。

不久，就进入了新的一年，春天到了。谷口不断地向法院提出"保释申请"。

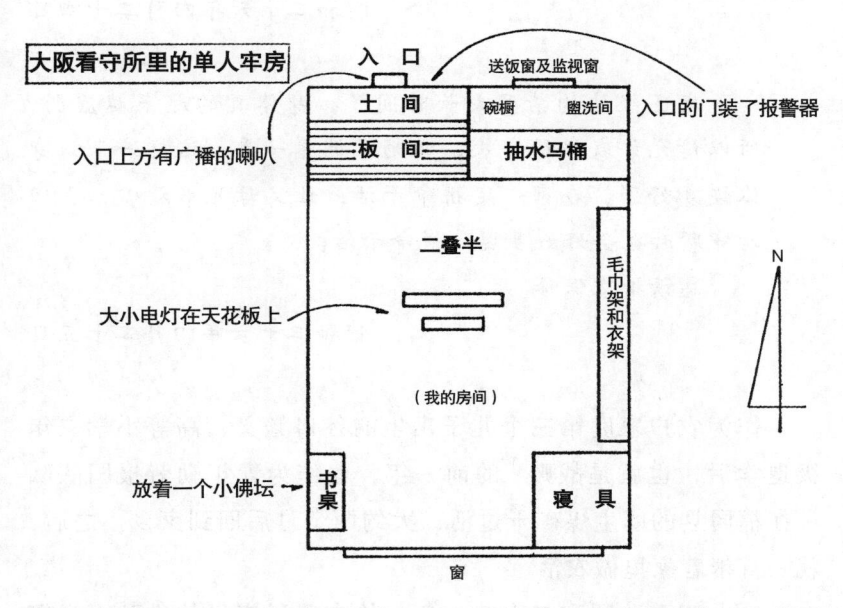

大阪看守所里的单人牢房

入口
送饭窗及监视窗
土间
碗橱　盥洗间
入口的门装了报警器
板间
抽水马桶
入口上方有广播的喇叭
二叠半
毛巾架和衣架
大小电灯在天花板上
N
（我的房间）
放着一个小佛坛
书桌
寝具
窗

被告人谷口作为"模范囚犯"在押的单人牢房。在这里，他一直蒙冤叫屈

> 我没有干过这件事。但是，案件悬而未决已经很长时间了，我的身体虚弱，加之公审延期，真的已经吃不消了。所以我想申请保释。
>
> 昭和二十六年四月十九日

> 昭和二十五年八月四日，本人因抢劫杀人事件被拘押，案件正在审理过程中。但由于时间过长，所以想申请一次

从死刑台生还　067

保释，回家休养一段。截至公审之前，我会在家努力干活，让父母兄弟放心。

之后再回到看守所，我一定拼命努力，好好表现。

恳请批准保释。

昭和二十六年四月二十四日

我已经被拘禁了太长时间了，身体真的越来越虚弱，所以请允许我保释一次，回趟家调养一番。这样一来，身体恢复好了，在家一定拼命干活，让父母兄弟放心，再回看守所时也会好好表现，拼命干活。

恳请批准保释。

昭和二十六年四月二十五日

作为农户家庭第三个儿子出生的谷口繁义，高等小学二年级退学后，也就是战败①的前一年，他作为青年勤劳报国队队员在福冈县的麻生煤矿干过活，大约两个月后回到家乡。之后，就一直帮着家里做农活。

一九四七（昭和二十二）年，给在善通寺里的进驻军当警备员也只是短暂的一小段时间，军队撤走之后，他就失业了。后来，他就一边干着农活，一边靠烧炭、做木匠之类的赚些零花钱。或许是半失业状态下的郁闷不快，导致他一直以来干过很多坏事。

在狱中迎来二十岁生日的谷口，做梦都想要回到故乡，踏上那片土地，多少能帮家里解决一点生计问题。"保释申请"

---

① 指第二次世界大战。

同杀人犯的罪恶感俨然不属于同一个世界,这个时候他还毫无意识。他根本想不到,不久之后死刑判决竟会降临到自己头上。

父亲菊太郎和母亲由香在审判中赌上了全部身家。夫妻俩一块儿赶去丸龟市,委托在车站附近一幢豪宅里开设事务所的田万广文为儿子辩护。田万当时是一名现役议员,即便现在也是个颇有名气的人物。

田万至今还记得那对纯朴的农民老夫妇过来拜访时的情景。对于仅有三反①七亩旱田和三反水田的小农户而言,要筹措辩护费可不是一件轻而易举的事。

长子武夫虽然已经自立门户,住在附近,但也不过是当建筑工,日子过得紧巴巴的。

次子阿勉,从战后设立的经济稳定总部的副经济监察官(管制黑市大米交易)转业当上了国警巡查,在琴平町的派出所工作。就在弟弟被起诉前不久,他被要求递交辞呈。长女即将出生,他也是靠当建筑工勉强度日的状态。弟弟阿孝也在工地干活。

在这个狭小的农村,作为"杀人犯"的家属需要忍受周围人的眼光。为了筹集打官司的费用,他们最后决定把土地分割出售。因为没有人会帮他们。田万律师虽然忙于国会活动,但他确实相信谷口是无辜的,在法庭上也展开了论战。

在法官进行现场验证时发生过这样一幕。

宫胁副警部使出了浑身解数。他首先把自己的头发披散开,

---

① 面积单位,用于丈量农田。1反≈991.7平方米。

摆出一副偷偷潜入的姿势。垂下刘海是为了代替蒙面。他自编自演，在法官面前一人分饰两个角，捅刀的谷口、逃窜的香川、倒下的香川、骑在香川身上往其咽喉处刺的谷口，可谓演技逼真。田万提出了异议：

"你是亲眼看见了吗？"

高松地方法院丸龟支部的判决于一九五二（昭和二十七）年一月二十五日下达。

判　决

籍贯及住址　　　香川县三丰郡财田村大字财田上八二〇号

农民　谷口繁义
昭和五年十二月三日出生

针对上述人员就抢劫杀人被告案件，本法院在检察官中村正成参与审理的基础上，做出如下判决。

正　文

判处被告死刑
诉讼费用全部由被告人承担。

理　由

被告人苦于要支付一万日元的负债且缺少日常零花，

曾伙同一个名为安井的人一起盗窃现金一万日元。后认为家住香川县三丰郡财田村大字财田上七〇八九号三门的黑市大米掮客香川重雄（时年63岁）相当有钱，且独居生活，附近只有几户人家，是一处非常理想的盗窃目标，于是被告计划潜入被害人家中，倘若被害人随身带着钱腰袋，或是很难找到，便用菜刀威胁他，甚至决定出其不意地将其杀害，再抢劫钱财。昭和二十五年二月二十七日晚，被告人身着国防色旧裤子（证第二十号），用砥石将切生鱼片的刀磨好后插在腰间，翌日二十八日凌晨二时许潜入上述香川重雄家中，并在其睡觉的枕边寻找了一番，但未能发现目标钱腰袋，瞬间决定将对方杀害后再偷钱。被告人右手拿着切生鱼片的刀子，朝熟睡中的香川重雄的喉咙处捅下去。但是为了遮住自己的脸，他将头发垂到面前，导致失手，刀子插入香川重雄的嘴部，香川重雄"哇"地大叫一声，握住刀子，被告人把刀抽回，香川重雄立刻抬起上半身坐在垫子上，高声大叫。这时，被告人又接连不断地用刀捅向被害人面部等处。之后，被害人想要逃脱，结果被告人又向其头部砍下，接着戳向其腰部和脸部，被害人很快仰面倒地。被告人从香川重雄的钱腰袋中劫走现金一万三千日元左右。之后，为了防止香川重雄苏醒过来，又在其心脏部位捅了一刀，因未见出血，故将刀刃部分拔出后，扭转刀尖再次捅进去，这一刀一捅到底。香川重雄因被告人所致上述多处创伤引发急性失血过多，最终死亡。

关于被害人的死因，依照

上野博出具的鉴定书
予以认定。
其余的部分，依据以下
一、上述鉴定书
二、司法警官出具的检验记录
三、证人香川常子、宫胁丰（二次）、田中晟、浦野正明等在本次公审法庭上提供的证词
四、远藤中节出具的鉴定书（关于有无血迹的）第五项
五、古畑种基出具的两份鉴定书（昭和二十六年六月六日及十一日）
六、法官川岛喜平对证人谷口孝的询问笔录中，关于昭和二十五年二月二十六日或二十七日前后，被告人于翌日凌晨三点半或四点左右回到家上床睡觉的情况是否属实的相关证言记录
七、被告人向检察官中村正成供述的"第四次嫌疑人供述笔录"
八、第一至二十六号扣押证据的存在
综合认定事实成立。
参照法律，被告人的犯罪行为适用刑法第二百四十条后半部分，被告人于昭和二十五年六月三十日，曾在本法院因抢劫伤人罪被判有期徒刑三年零六个月，上述抢劫伤人罪和本案犯罪依照刑法第四十五条后半部分数罪并罚。根据刑法第五十条关于尚未经审判的本次抢劫杀人罪应从重处置，故在规定的刑罚中选择死刑，判处被告人死

> 刑，诉讼费用根据刑事诉讼法第一百八十条第一项全部应由被告人承担。
>
> 　　按照正文予以判决。
>
> 　　　　　　　　　　昭和二十七年一月二十五日
> 　　　　　　　　　　高松地方法院　丸龟支部
> 　　　　　　　　　　审判长　法官　津田　　真
> 　　　　　　　　　　　　　　法官　胜本　朝男
> 　　　　　　　　　　　　　　法官　白井　美则

　　判决结果正如中村正成检察官的量刑申请。他和宫胁撰写的"供述笔录"被全面采纳。至于手记，只字未提。在三页格子纸的判决书中，唯一的物证就是那条国防色裤子上附着的"微量血迹"。对此，冈山医科大学教授远藤中节给出了以下鉴定结果：

　　"右腿下方，大约中间靠后的底端，附有人的血迹，但因含量微少无法判定血型，未做判断。"

　　但是，在这之后的东京大学教授古畑种基的鉴定结果则是：

　　"血迹的附着量非常微少，故无法进行充分鉴定，但可以判定血型为O型。"

　　虽说O型的确同被害人香川重雄的血型相符，但古畑自己也承认"无法进行充分鉴定"。对于要抹杀一个人的生命而言，这是一个脆弱至极的依据。而津田审判长却全面采纳了这份鉴定。

　　但是，那条裤子其实是宫胁等人在谷口的父母面前强行让

从死刑台生还　　073

阿孝从身上脱下来带走的。在那之前，他们并未从扣押的各种衣服上发现任何血迹。所以即便上面附有微量的血迹，那也是一条顶包作假的裤子，没有任何依据能跟被害人联系上。

至于当时繁义穿的上衣之所以没有血迹附着，警察和检察官给出的解释是案发后他在河里洗过，回到自己家又洗过了。津田真审判长直接赞同了这一观点。后来，他在调职德岛市时负责了"德岛收音机商被害案"①（一九八〇年一二月，德岛地方法院决定重审，一九八三年三月，检方的即时抗告被驳回）的一审，也是判处了被告人有罪。

在被判死刑之后，谷口一家向高级法院提起了上诉。进入深夜，武夫、阿勉、阿孝三兄弟和父母一起悄悄地溜出家门，来到供奉村里氏族守护神的大善坊神社虔诚祈祷。他们把事先数好的一百粒豆子一颗一颗地供奉到神殿之后才回去②。

其间，母亲由香给被关押在高松看守所的儿子寄过这样一封信。那是用大个的毛笔字体写就的。

● 母亲致繁义的信（一九五二年五月一日）
致令人思念的繁义：
　　敬启。久疏问候。
　　天气已经变得暖和许多。繁义，你还好吗？家里人都很好，请你放心。

---
① 1953年11月5日，德岛市经营收音机业务的一位商人在家中被人用匕首杀害。警方将与被害人同居的富士茂子作为嫌疑人进行侦查，后经起诉被判有罪。富士茂子始终主张自己无罪，坚持申诉，时隔32年之后，获无罪判决。
② 日文称之为"お百度を踏む"，即反复向神灵参拜100次。

对了，今年麦子的收成很好，你也跟着一起高兴高兴。竹笋也长了很多。

接下来呢，繁义啊，妈妈四月十五日左右，本来打算去看看你的，结果妈妈感冒了，休息了十来天。稻田里的活又很忙，所以好久也没去看你了。你一直等着了吧？你可别灰心，一定得好好的。

妈妈身体也很好，你就放心。五月份，我去看你一趟。

繁义啊，一早一晚的，你一定要合掌拜祭一下氏族守护神跟家里的先祖。朝着财田的方向，别忘了早晚都拜一拜。多亏了神明的保佑，我们才能打起精神地活着。希望妈妈和我们繁义都能健健康康的。

自从你离开家，已经很长时间了，妈妈每天每天都没有忘记早晚向神灵、佛祖祈祷。妈妈一直很想你，每天是流着泪干活的。

繁义啊，认真地、善良地、打起精神，努力干活！然后，尽快回到光明的世界，妈妈等着你改过自新的那一天。这次就写到这了。

希望你健健康康，我每天都会祈祷。

再见了。一定认认真真的。要听警官的话。

母　笔

为了逃避村里令人窒息的生活，阿勉曾到仓敷的绳索厂工作过。后来，阿孝也离开了家，在神户当洗衣店的店员。尽管离开了财田村生活，但偶尔和同事闲聊兴起时，他们还是会提及一些故乡的事情。每当这时，两个人都会感到心寒。财田村的谷口就是死刑犯的家属，对方会不会这样联系上？这种不安总是会袭来。

高松高级法院的判决在一九五六（昭和三十一）年六月八日下达。

三野盛一审判长以及谷贤治、合田得太郎两位法官下达的判决是"驳回本案的上诉"。关于支持对十九岁尚未成年[①]的谷口下达死刑判决，在决议书的结尾，解释如下：

> 我等利用职权对相关记录进行了详查，就量刑也进行了反复再三地考虑。除犯罪当时被告人年纪尚轻（十九岁二个月）之外，本案的犯罪动机、杀人手段以及犯罪后被告人的行为，尤其是被告人还有抢劫未遂的前科，在本案犯罪后不到一个月的时间又犯下抢劫伤人等罪行，实在没有任何酌情的余地，即使考虑到其年龄及其他各种情况，也还是认为原审处以极刑是合理的，并非量刑过重。

听到这个判决之后，谷口给父亲菊太郎这样写道：

> 敬启
> 在那之后，大家都别来无恙吧？我也和往常一样，每天精神饱满地努力着，所以请您放心。
> 尽管前几日，我被宣告了那么残酷的判决，但我还是认为不管发生什么，都一定要把自己是正确的这一点坚持到底，这才是做人的真谛，我一定要证明自己的清白。在那之后，我和田万先生见过面，也聊了很多。上诉申请书

[①] 自2022年4月1日起，根据日本《民法》修正案，日本成年年龄从20岁下调至18岁。故判决当时，20岁才成年。

我自己也在详细地写着。家里正值农忙期，大家肯定都很忙吧。不管什么时候，人都得为了活下去拼命努力。中途明明没有什么不好的，却缴械投降，反而很怯懦的。我总是会把这个事情放在心上，这才逐渐地抱有希望和信念。请您放心。我本想早点给您写信，但确实是拖了很久，真的很抱歉。还请您务必原谅。还有就是，父亲，母亲就请您多照顾了。天气慢慢转热，也还请大家多注意身体。代我向邻里和诸位问好。今天就此止笔。

祝大家健康幸福。

田万律师向最高法院提交了一份近八千字的上诉申请书，其中他特别强调了不在场证明。

关于不在场证明

关于本案，最根本的问题就是不在场证明这一点。正如证人中林浜的证言所述，中林浜在被告家中留宿的当晚（案发当天），被告就在中林浜所住房间隔壁，同阿孝一起在睡觉。此外，弟弟阿孝也在这一点上做出了明确的证词。该证人在法庭上针对检察官提出的问题做出了如下的回答。

问：从二月到三月，你和哥哥繁义一直睡的都是一床被子吗？

答：是的。那个房间是八叠大。

问：警察讯问时，你说过"二月二十八日凌晨三点左右，哥哥从外面回来，之后才一起睡的"吗？

答：我说过。

问：这件事，你从警察局回去跟父母说了之后，他们有没有骂你："那天晚上（繁义）明明从一开始就在，你怎么就会说那种糊涂话呢！"

答：有。

与辩护人的问答。

问：所谓糊涂话，是不是骂你说了根本不存在的事呢？

答：是的。

问：是什么原因让你对警察说了那些话呢？

答：我接到传唤过去，在高濑警察局，当时哥哥跟我说，香川的案子要调查真凶。（中略）主任跟我说："你哥亲口说的，他杀了人之后回到家里，心里犹豫着要不要进去，但最后还是打开门进去了，已经躺下要睡觉的弟弟问他去了哪儿，他回答说去喝酒了。然后才一块儿躺下睡的。"哥哥也跟我说："你就按刚才主任说的说吧！"所以我才那样说的。

问：那实际上，那天被告人并不是半夜回来的，对吗？

答：对。

问：主任是指宫胁吗？

答：是的。

与法官的问答。

问：一会儿承认，一会儿否认，事实究竟是什么？

答：主任跟我说："要是敢隐瞒的话，就得跟你哥一块儿去死！"出于恐惧和难挨，我才这么说的。

问：也就是说，你是受到威胁才说了记忆中不存在的事情？

答：是的。因为他说，要是不说是后面"回来"的，我就得去死或是一块儿关进监狱去，可以说是很可怕的。

问：证人你在接受调查时，年龄是几岁？

答：满十七岁。

问：那天晚上，（被告人）真的是从开始就在吗？

答：在的。

这个少年的问答道出了真相，而证人中林绫乃的证言也印证了中林浜的证言，表明被告人在案发当时是在自己家里。

如果不否定中林浜的证言，被告人的不在场证明就是成立的。为此，泷下、大西等（检方）证人站到了法庭之上。他们要表达的只有一点，就是中林浜（从位于财田的被告家中）出发的日期是本案发生的前一天。即，本案发生时，中林浜并不在被告家中的。

如此一来，不在场证明就成了伪证。但是，泷下、大西等人的证言才是假的，中林浜的证言是真的。这一点通过中林浜的证言中关于降雪这一自然现象的部分能够得到证明。即，"我从谷口家回来的前一天晚上，下了雪"这句证言不容忽视，它包含了解决问题的重大意义。

检察官提供的多度津气象站的报告中，报的是二月二十八日十四时八分开始降雪。检察官还特别添加了注释："这份书面（报告）记载的事实是以多度津町为中心的相关天气。"不可忽视这个注释，因为它就是能够破获本案的关键所在——能证明被告人无罪的中林浜的证言的真实性。以下是对这一点进行的详细叙述。

检察官加上"以多度津为中心"的注释,其理由就是想说"在二月二十八日,多度津附近有降雪,但是财田(本案的发生地)没有下雪"。

但是,检察官的注释并不是气象站的报告,只不过是检察官自己的想法。此外,还专门另加了一个注"[昭和]二十五年二月二十七日十六时许,下了十多分钟的小雪",来说明财田村的情况。

检察官说"二月二十七日及三月一日,均为晴天,二月二十八日十四时八分开始下了约十分钟左右的小雪"是以多度津为中心的情况。而"二月二十七日十六时许,降了十分钟左右的小雪"是财田一带的情况。

仔细体会一下检察官的辩解和气象站的报告,就能够得出以下结论:

同样是二十七日,多度津就是晴天,而财田一带却下了雪——这就说明多度津附近是平原,且毗邻大海,气温暖和,而财田一带是山麓地带,地势较高,气温较多度津要低很多(财田与多度津从距离上讲相距也有六里[①])。相反,检察官主张"二月二十八日十四时八分开始下了约十分钟左右的小雪"是以多度津为中心的话,那必然就无法否定气温比多度津低得多的财田一带也有降雪的事实。

二月二十八日,这一天在财田是看到有降雪的。这是自然现象,是检察官和辩护人,都无法争辩的事实。

因此,中林滨从财田出发,是在下了雪的二月二十八

[①] 1 里 = 3.927 千米。

日的转天,即三月一日,系属实。这一点通过自然现象就能证明。三月一日清晨,村民们都已经知道了本案,这一点从中林浜在汽车站听到众人谈论此事的事实便可了解。

一天,阿孝从干活的洗衣店回到公寓,已经谈婚论嫁的女友正心不在焉地坐在那里。她过来打扫房间时,无意间看到了一封阿孝母亲的来信。那封信塞在了壁橱里的被子中间。信里通知他,最高法院驳回了上诉,哥哥的死刑已经确定。阿孝快二十三岁了。女友离他而去。就算是在店里干着活,他也会忍不住,然后就把头埋进洗衣筐里放声大哭一通。

谷口接到一九五七(昭和三十二)年一月二十二日最高法院驳回上诉的通知后,在给父亲菊太郎的信中,他这样写道:

> 敬启
> 自那之后,您一切都还好吧?
> 前几天见到二老,看到你们健健康康的样子,还聊了很多,我心里比什么都高兴。回去的时候,二老肯定是去了善通寺参拜完之后才回去的吧?我在那之后也是一如既往地精神饱满,每天专心工作。请您放心。
> 接下来我想通知您一下。之前提出的上诉,审判宣判日期被定在了昭和三十二年一月二十二日上午十点三十分。四天之后,法院的宣判通知书也下达了。很遗憾,还是跟以前一样。但是,正确的事情一定会是正确的,我打算坚持到底。即使肉体死了,也要抱着永远活下去的希望和信念堂堂正正地战斗下去。我总是在心里坚定地发誓。绝对

不能允许给没有过错的人定罪。

　　我想在这个世上还有很多像我这样境遇的人。今后的日子还很漫长，但我一定要健健康康的，希望能申请重审。

　　不过，我并不怨别人，首先要恨的就是自己。

　　当时还是年轻吧，对世事还不甚了解，没有瞻前顾后，才落得如此下场。这一切都是我咎由自取，为此我深感羞愧。现在想想，真的是痛心疾首。我也是个男人，不会对做错了的事情矢口否认。可是因为自己没干过的事，遭受着他人的憎恶，还惹来很多麻烦，而我对此却毫无办法。

　　我绝没有做过有愧于良心的事，所以要踏上一条没有半点虚假的正确之路。不管别人怎么谈论、如何嘲笑，只要我自己不是那样的就好了。这样一想，我才能够奋力去拼搏。

　　可是，我的酷刑不久便会到来，因为四月我又要作为被告了。在那之前，我想请您过来一趟，帮我把衣服拿回去洗一洗，到现在已经有六年没穿过，都发霉了。拜托您。

　　就此止笔。代我向大家问好。

　　正值严寒，请注意身体。

　　祝大家健康。

死刑确定后，谷口被转押到大阪看守所，等待行刑。向高松地方法院丸龟支部提交的重审申请也于次年一九五八（昭和三十三）年三月二十日被驳回。他给哥哥阿勉写信说道：

　　在迄今为止很长的一段时间里，我所度过的是孤独痛苦的牢狱生活，但是我绝对没有虚度过一天。我的活法至少是有助于个人心性的，我现在就像是一尊大佛一样，不卑不亢。我可以堂堂正正地活下去。听了现在的广播，我很清楚这个社会已经完全变了。但是即便是科学进步的原子能时代，把一个无辜的人判为有罪也是一个巨大的错误，应该称之为莫大的耻辱。

此外，他还在给母亲的信里这样写道：

虽然审判已经结束，罪刑也已经确定，但是这绝不仅仅是我一个人的问题，这种事不能就这样算了。我并不是惜命才这样说。我没有必要为别人犯下的罪行负责。事情就不能是这样的。如果我被处以死刑之后，真凶出现了的话，对于我的亲人，甚至于法官、检察官、警察及其他们的家属无疑都将是一种不幸。而且如果这样持续下去，事情真的就会变得无法挽回。面对死亡，我认真地考虑了这些，觉得必须要诉诸舆论。

同他之前所犯下的罪行相比，他所受到的惩罚过于严苛了。面对死亡，他似乎在以平和的心态成长着。母亲给他寄去的众多书信中，总是写着同样的内容。或许是信仰虔诚的母亲祈祷时的那份心境让他平和下来。

致繁义

繁义啊，感谢你的来信。听说你很好，妈妈比什么都高兴。家里人也都是健健康康的，你就放心吧！

裸麦和小麦今年都是大丰收。你也跟着一起高兴高兴。

竹笋也快长出来了。今年柿子也结很多。阿孝总是提起自己和你两个人种的那棵柿子树，还给它施肥了。他还说起你们一块儿去打理白薯地，搬运捆好的麦子，帮父亲的忙。一回想起这些，他总是特别怀念，然后边哭边说。

他总说，希望哥哥认真起来，能够尽早回来。所以呢，繁义啊，你要好好地听警官的话，努力工作，早点回到这个明亮的地方来，让父母兄弟、亲戚们也开心开心。

回来之后，就要好好地端正品行，把之前的罪恶都洗刷掉。除此之外，妈妈什么都不想。我一心就只想着，你能够改过自新，早点回来。妈妈的病什么药都不需要。

繁义，你变好了，然后回来。那就是妈妈的良药。

繁义啊，你一定要洗心革面，怀着认真的心态回来。妈妈等着你。

繁义啊，只要改邪归正，做回个正经人，不用有任何顾虑，尽管回来。为了能笑着面对生活，好好努力吧。

就写到这了。再见。妈妈最近已经好多了。今天是旧历四月十二日。二十日我要去善通寺，也去趟你那里。

母　笔

要找到重审必需的"新证据"是一件极其困难的技术活。本来死刑确定后，如果不上诉，犯人将会在六个月之内被处决。每次更换法务大臣时，谷口和他的家人们都会担心是否会下达执行判决的命令。

但是，直到矢野法官发现那封信件为止，有一个长达十二年的空白期，他还没有被处死。这件事就说明了法务省刑事局肯定知道存在不能下决心行刑的理由。由于侦查资料的部分

"丢失",以及作为证据的裤子上的"血迹"存在重大疑点,执行命令的事务性手续一直被冻结着。

无从知晓这些的谷口,一直害怕某天早上,死讯突然扣响单人牢房的铁门。在这期间,他送走了身边二十七名先行踏上绞刑台的死刑犯。他曾经这样写道:

> 我从[昭和]三十二年到今天,先后送走了二十七名友人,简单地记述一下。我最初加入死刑犯的行列是在[昭和]三十二年七月六日。那一天,有两个人接到了驳回大赦的通知,从中午开始,保安科长就说:"谷口,有个茶会,你准备一下。"我回到房间准备好之后就等着。长官说着"出来吧!"便帮我把门打开了。我来到走廊,大家排成一列前往礼堂。紧接着,马上就要赴死的那名囚犯点燃佛坛上的蜡烛,将逝者就作为引导僧,以所长为代表,茶道老师、训导员、家人等一起朗诵偈文,然后移步到茶会的席位上,前辈、老师们从即将被处刑的人手里接过泡好的茶,在现场每个人都吟一首自己擅长的短诗,然后相互握手。犯人各自拿着茶道老师送的康乃馨、洋水仙、菊花回到房间。
>
> 次日清晨,大家和即将被行刑的人一起在佛前诵经,然后回房。下午一点三十分从牢房出来,这次会有诀别短诗会,评委(老师)会从即将被行刑的那个人的处女作开始,一句一句地进行点评。大家一边听着,一边同老师们一起泡茶,从即将被行刑的那个人开始依次接过茶,然后每个人再各自吟诵一首自己拿手的诗。接着就是即将被行刑的人同各位老师握手道别,再同这些活着的囚友紧紧地

握手。我们拿着俳句老师之前送我们的那束美丽的花回房，他们再和家人聊一聊才回房间，然后再写写遗书、作作俳句，给那些照顾过自己的人写上最后一封书信。

其中，也有人下围棋、下象棋到天亮的，然后早上去理发，回来洗个澡。九点左右我们也从房间出来去教诲堂，即将被行刑的人作为主持，所长、教育科长以及训导员等人也一起诵经，他们从所长那里拿到一束花，然后同剩下的囚友握手。我们目送他们走向刑场的背影后，安静地回到牢房里，为他们祈福。

之后，会将逝去的囚友的法名写到死亡簿里，早上诵经的时候念出来，活着的人就和教育科长、训导员等一起诵经。

大概是一九六〇（昭和三十五）年前后，时任众议院法务委员的田万广文去视察过大阪看守所。时隔几年，他与谷口再次见面，之后还受到了所长的茶点招待。当时，所长偶然间也提到了谷口并非真凶的事情。

此外，还发生过这样一件事情。一九六三（昭和三十八）年四月中旬的一个清晨，大阪看守所的管理部长通知谷口，大赦被驳回。但如果大赦被驳回的话，通常会在四十八小时内行刑。

"这次的大赦驳回跟行刑是两码事。"部长又补充道，以让谷口放心。

"相反，可以在六十天之内提出异议，如果有，可以交上来。"

谷口决定提交主张无罪受冤的异议申请书。但是，过了四天左右，管理部长却过来说："那消息错了。"

"请不要骗人!"谷口板着脸对管理部长说道。

"不是,我原以为只有你这种情况才能提出异议。"

管理部长申辩道。同样是死刑犯,只有谷口受到特殊对待。尽管在看守所内部,大家都相信"死刑犯谷口"的罪行纯属捏造,但是那扇牢门却一直在他面前紧锁着。

第三章 邂 逅

　　来到高松地方法院丸龟支部赴任的矢野伊吉审判长在文件架上发现了谷口繁义的那封申请重审的信件。这一封被人遗忘的书信改变了两个人的命运。

大阪看守所里的死刑犯谷口和囚友们（一九六一年十二月十日）

高松地方法院丸龟支部审判长法官矢野伊吉在文件架上发现谷口繁义的那封来信是在一九六九（昭和四十四）年三月。

高松地方法院丸龟支部审判长先生：

　　我于昭和二十五年，因香川县三丰郡财田村荒户香川重雄遇害事件，被高松地方法院丸龟支部判处了最高刑罚。关于目前由检方扣押的那条裤子，据昭和三十五年十一月二十四日的《朝日新闻》报道说："鹿儿岛大学法医学研究室用犯罪现场的旧血液成功辨别出男女。"

　　根据东京大学医学部法医学研究室古畑种基先生的鉴定结果，我哥哥当时穿的警官制服和裤子上附着的血液只判明了是O型，就认定同被害人血型一致，在原审中作为了证据。现在，恳请进行重新鉴定，以明确辨别出男女。

　　　　　　　　　　　　　　　　　　　　谷口繁义
　　　　　　　　　　　　　　　　昭和三十九年三月二十七日

矢野的前任橘盛行审判长很快就给谷口寄去了文书。

"这封信是你寄出的吗?"

"是基于申请重审的想法提交的吗?"

"如果要申请重审,必须依照法律规定的方式来做。"

当然,谷口也立即写了回信。

"信的确是我寄出的。"

"是基于申请重审的想法递交的。"

但那之后,就石沉大海了。就这样,关乎谷口性命的那封信就在法院的文件架上被束之高阁长达五年。五年之后,捡起这封信的就是出任丸龟支部部长的法官矢野伊吉。

此刻,谷口的命运就掌握在了矢野的手中。

矢野让书记官用打字机写了一封信,给大阪看守所的谷口送去。

谷口繁义先生

关于附纸的信笺(您于昭和三十九年四月四日寄给本法院的),请尽快回答下列几点。

记

信里记载着"关于重审的事情,我想终有一天会提交正式的文件……",但是在那之后,您并未向本法院提交任何相应的书面申请。

关于此事,您是否仍有意愿提交重审申请?如果有,请您尽快向本法院递交正式的书面文件。

如果没有,也请提交一份说明没有申请重审意愿的书面文件。

审判长法官矢野伊吉

谷口立刻写了回信。这是一封没有一处文字涂改的信,写得非常干净整洁。

高松地方法院丸龟支部　矢野伊吉法官

　　籍贯　香川县三丰郡财田村大字财田上八二〇
　　现住址　大阪市都岛区善源寺町一七〇

谷口繁义
昭和五年十二月三日生

　　针对审判长先生的问题,我现在马上进行回答。昭和三十九年四月四日的书面文件(谷口委托重新鉴定血迹的信件)是在请求重审的意愿下向高松地方法院丸龟支部提交的。但是,在那之后,您的前任没有给予我任何答复。也或许就没有答复的必要吧。

　　一、在原判决中作为证据的国防色裤子是我哥哥以前的警官制服裤子。昭和二十四年五月七日,岩川光辉在铁路上自杀时,这条裤子沾上了血迹。在原判决确定前,我对此事全然不知,在审理过程中也没有意识到这个问题。上述事实是在最高法院判决后,我哥哥谷口勉告诉我,我才第一次知道。因此,我认为这是一个新的发现,符合《刑诉法》第四百三十五条第二项规定的情形。

　　二、根据昭和三十五年十一月二十四日《朝日新闻》上关于"鹿儿岛大学法医学研究室用犯罪现场的旧血液成功辨别出男女"的报道,我希望能够重新鉴定一下原判决中作为证据的那条国防色裤子上面附着的血迹。但是因为上面的血液量极少，而且血液附着的部分还被剪下来了，所以即使委托再鉴定，如果没有血迹，也不可能判断出男女。如果以前鉴定时的血液还有保留的话，就可以判断出是男是女。我殷切地希望，一定要等这个重新鉴定的结果出来之后，再向丸龟支部递交重审申请书。

所以并不能说是没有申请重审的意愿，至今我仍强烈希望我的案件能够被受理。

三、这个案件已经过了时效期，可以断定真凶是我的老友石泽方明。他家住香川县三丰郡财田村大字财田上，目前在监狱服役。石泽于昭和三十三年在大阪箕面市因犯下抢劫杀人罪，被关押在旧高松看守所。当时，他就住在我所在的牢房正下方。他曾脸色苍白地说，做了对不起我的事，还用颤抖的声音向我致歉。

之后，我同保安科长说了此事，并拜托其一定要让我和他本人见上一面，但是保安科长表示不能让我们会面。

在那之后不久，他有幸由死刑转成了无期，被转押到了大阪看守所，后又听说被转到了其他监狱。

基于上述情况，还请审判长予以裁断。

谷口繁义

昭和四十四年四月三日

一度被冻结的命运之轮开始急速转动起来。矢野立刻向法务省刑事局申请借阅诉讼记录，他每天都在细致地阅读借来的记录原件。谷口尤其强调的是那条被称为第二十号证物的国防色裤子。

但是，奇怪的是，被认为被告人在作案当时穿着的这条裤子,即便是在谷口的供述中,也是变化多端提法不一,如"藏青色毛料""棉布黑裤""黑色棉布下装""国防色旧裤子"。检察官的开庭陈述里甚至将其排除在了证据之外。

在冗长的供述笔录中有很多自相矛盾的地方。那份"出自谷口之手"的手记频繁使用错别字,甚至让人感觉是有意而为。矢野在自己踏入的深渊中畏缩不前,但最终他还是决定前往大阪看守所去讯问一下谷口。

一九六九(昭和四十四)年七月二十九日,在两位陪审员及书记官的陪同下,矢野见到了谷口。彼时,矢野五十八岁,谷口也已经三十八岁。谷口一脸平静的表情,让人无法想象他就是死刑犯,他毫不胆怯地回答了矢野的问题。

矢野:之前在申请重审时,你不是说过记不清是你穿的还是你弟弟阿孝穿的吗?

谷口:高松地方法院丸龟支部的人过来审问时,展示过这条裤子,我不记得自己是不是这样回答的。但是,我敢肯定,我并没有穿过这条裤子。

矢野:尽管如此,事实上还是认定你当时穿了它,是吗?

谷口:我没有说自己穿过这条裤子。是警察说这是我的国防色(裤子),这条裤子是他们从我家拿回去调查的,结果发现裤子上……

一个叫宫胁的副警部说,你穿过的那条裤子上沾有血迹,所以你供认与否都无所谓了,反正证据确凿。我跟他说过,不可能有那样的事。

事实上,我根本就没怎么见过这条裤子,更没有穿过。至于我穿过它的那些话都是警方说的,我从来都没说过自己穿过这条裤子。

　　矢野：你是说，至今你从未说过自己穿过这条裤子，是吧？

　　谷口：没错。

　　矢野：也就是说，你主张无论在抢劫杀人事件前后，你都没有穿过这条裤子？

　　谷口：是的。

矢野问道："你好像主张说自己受到了拷问，具体遭到了什么样待遇呢？"谷口这样回答：

"手上戴着两个手铐，还被罩上网子，脚上缠着绳子，让我跪坐下，一连好几个小时血液都不通了，配餐被减量，睡眠也不足，所以才顺从了警察的说法。"

之后，矢野又提审了犯下抢劫杀人案，被收监在同一看守所里的石泽方明。因为谷口怀疑他，但是石泽在案发当天和女友一起去参观了在西宫市（兵库县）举办的美国博览会，有不在场证明。

关于唯一的物证第二十号裤子，矢野将谷口的兄弟武夫、阿勉、阿孝等人传唤到高松地方法院丸龟支部进行了询问。和之前一样，弟弟阿孝主张说，这条裤子是在自己身上穿着的，警察要求他脱下来，然后拿走的。没有扣押证直接就没收了。大阪一行之后，大约又过了三个月左右，矢野把宫胁丰叫到了地方法院丸龟支部进行询问。

　　矢野：你知道这条裤子吗？
　　宫胁：谷口招供说，犯罪当晚穿的。

矢野：这条裤子是怎么弄到手的？

宫胁：不太清楚。应该是搜查住宅时扣押的。如果不是，我估计，可能就是侦查抢劫伤人事件时搜集到的衣物。

矢野：去搜查住宅的是谁？

宫胁：我觉得是藤堂辉雄、浦野巡查部长两个人。

矢野：如果是抢劫伤人案的扣押物，认为他在抢劫杀人的时候也穿着了，挪用的手续怎么办的？

宫胁：详细情况我忘了。

矢野：针对这条裤子是否繁义穿的，你们对谷口的父亲菊太郎、弟弟阿孝进行过调查吗？

宫胁：不记得了。

矢野：谷口和他父亲都说："裤子是弟弟穿着的，警察来了让他脱掉后拿走的。"你听说过吗？

宫胁：我忙着做当事人的笔录了，对这一点没有印象。

矢野：因为谷口繁义当晚不是一直在家里和阿孝一起睡觉，就进行调查，可为什么不对裤子是不是阿孝穿的展开调查呢？

宫胁：如果笔录上没有，我想那就是疏忽了吧。

矢野：昭和二十五年八月十八日，在检察官的陪同下，你带着谷口确认过证据吗？

宫胁：确认过。

矢野：为什么没有做确认笔录？

宫胁：当时，为什么……

矢野：是你觉得没有价值吗？

宫胁：那倒不是。

矢野：关于抢劫杀人事件召开过侦查会议吗？

宫胁：事件发生时，在善教寺设立了总部，每天都开会。

矢野：解剖被害人时，警方也在场吗？

宫胁：在场。

矢野：是基于什么目的进行解剖鉴定的？

宫胁：为了获取死因、凶器、伤口部位、程度、死亡时间等侦查信息。

矢野：被害人胸部的受伤情况如何？

宫胁：我记得有三十多处伤口，乳头下方还有疑似用火箸刺伤的痕迹。

当时的侦查官宫胁、田中等人并没有列席解剖现场，侦查会议也没有认真召开过。所以，他辩解说自己并不知道心脏的创伤是双重的，但这时宫胁的证言正表明他是充分了解解剖结果的。

高松地检检察官中村正成于一九五〇（昭和二十五）年八月二十一日，在高濑派出所对谷口繁义进行审讯后完成了"第四次嫌疑人供述笔录"，共计三十七页格子纸，超过四十四项，是一份庞大的笔录。这份文件包含了从前科开始，到犯罪动机、侵入、行凶、之后的心理动摇，再到对受害者的忏悔，以及重新做人的决心等大量内容。

然而，盛夏之际，通过一天的审讯，到底能不能拿到如此完美的供词，并写出这样一份优质的笔记？这也是矢野的疑问。他前往高濑派出所进行调查，叫来当时写记录的事务官高口义辉，对其严厉追问。通过这次讯问，了解到了这份"笔录"究竟是如何完成的。

矢野：你说过自己好像审讯了谷口七八次，笔录都做了吗？

高口：是，做了。

矢野：做过几次呢？

高口：我印象中应该是一两次吧。其他几次，审讯过程中我始终列席现场，不过几乎没做什么笔录。

矢野：你去审讯，不做笔录，那你干什么了？

高口：……我记得检察官每次审讯时都做记录了。

矢野：见证人不用做记录吗？

高口：是的，我不用做。

……

矢野：笔录上只写了检察官的问题，是吗？

高口：审讯不是连贯性的，总是会有各种情况……

矢野：检察官不会是审讯完了之后，偷偷让你写的吧？

高口：是的。

矢野：检察官问的，谷口说的，都不是你亲耳听到后记录下来的，对吧？

高口：我是在当事人面前，把中村检察官所说的内容记录下的。

矢野：是否存在谷口并没有说，但是检察官却说了的情况？

高口：我会问他"是这个意思吗"，然后记录下他本人点头承认的内容。

矢野：检察官是根据什么提出的问题？

高口：检察官向当事人提出想问的问题，然后我就把当事人说的、点头承认的事都记录下来。

矢野：检察官是单纯地提问吗？

高口：……

矢野：谷口是非常痛快地就坦白了，还是面对一个问题不断反复？

高口：刚开始问的时候，每次只说一点点。最后就问他"不是这样吗？是这样吗？"，他就一边思考一边慢慢地讲述。

"是这个意思吗？""不是这样吗？是这样吗？"这类提问都属于诱导性审问。即便没供述什么，也能够撰写出供述笔录。矢野继续提问。

矢野：撰写这一份笔录是不是得经过好几次审讯？

高口：是的。

矢野：这份笔录，能否说明八月二十一日的审讯就是这样的情况？

高口：关于这一点，我忘记了。

矢野：见证人事实上是在哪里完成那份笔录的？

高口：高濑警署的二楼。

矢野：是一次性写完的？

高口：是。

矢野：时间呢，花了多久？

高口：好像是从下午一两点的时候到五六点左右。

矢野：你确定？

高口：是的。

矢野：笔录是用稿纸的正反面写的，你完成一页需要多长时间？

高口：当时写得比现在快很多。现在写一张用不了十分钟。

矢野：这份笔录是按照中村检察官的口授写的吗？

高口：是。

矢野：中村检察官有没有写稿子？

高口：我印象中应该有笔记原稿。中村检察官口授给我的，中途也会因为累了或是去厕所而休息一两次。

矢野：就这样，不到十分钟也能写好一页吗？

高口：是。

矢野：对于谷口的辩解，是怎么听取的呢？

高口：……

矢野：有时间听他辩解吗？

高口：……

矢野：最后让谷口签字了吗？

高口：签了。

矢野：在哪里让他签的？

高口：进行审讯的二楼审讯室。

矢野：让他用什么签的？

高口：忘了。

矢野：你知道以前在做笔录的时候，列席供述过程的检察事务官和法院书记官，会先把供述的要领记录下来，在另外的纸上让供述人签好字，然后回去再进行誊写吗？

高口：……

矢野：你这样做过吗？

高口：不记得了。

吉田法官：证人好像总是在说"不记得了"，是一点印象都没有了吗？

高口：可能有点印象，我的意思是说，没办法确切地回答。

矢野：你见过钱腰带和钱包吗？

高口：不确定。因为有很多东西，所以具体见过哪一个……不记得了。

矢野：那些东西展示给谷口看过吗？

高口：……记不清了。

矢野：笔录上写着"除了这些东西以外，还让他看了一条国防色的裤子"，给他看过吗？

高口：如果笔录上写了，我想应该是给他看过了。

矢野：当时这些东西为了鉴定已经被送到冈山大学，不在高濑警署，八月二十九日才送到检察厅的，你怎么解释这一点？

高口：……

矢野：即便这样，还能说你的笔录是正确的？

高口：……

矢野向高口展示了一九五〇（昭和二十五）年八月二十一日的"第四次嫌疑人供述笔录"。

矢野：这份笔录上有文字修改，是谁订正的？

高口：好像是我的字。

矢野：订正是在别的时间做的吗？

高口：应该就是当时做的吧。

矢野：请看一下笔录后面谷口的签字。不觉得墨水的颜色不一样吗？

高口：……

矢野：我认为，做笔录时是先在笔录签名的地方让供述人签名盖章，之后再完成笔录的。这份笔录是在现场完成的吗？

高口：是。我记得是在现场做的。

矢野：检察官审讯过很多次，且不说按照他们的笔记来完成这份笔录的可能性，我个人认为光是根据口授的问答来记录撰写都很难做到，你不觉得吗？

高口：……

矢野：证人，你不会是看着警察的笔录写的吧？

高口：我是按照检察官说的写的。

矢野：里面写着"出示过证据"，是检察官这么说的吗？

高口：是。

矢野：请读一下笔录的第十一项。你写的是什么意思？

高口：……

矢野："我拿出了切生鱼片的菜刀，但是很钝，磨了之后还是不快"，是什么意思？

高口：这是按照他们说的写的……

矢野：宫胁丰在昭和二十五年八月五日完成的谷口对警察的第七次供述笔录中也这样写的，谷口对检察官也是这样供述的吗？

高口：……

矢野：不会是照抄了警察的笔录吧？

高口：……

矢野：这一点是不是有误？

高口：这些就是按照他们跟我说的写下来的……

矢野：证人，你说是检察官进行审讯，然后口述给你，让你记录的。那检察官会不会让你做虚假的记录呢？

高口：……

矢野：证人，如果是检察官说的，就算是谎言你也会记录下来吗？

高口：……

矢野：证人，你说过，是按照法律规定的程序进行了审讯，但就目前所了解的情况，似乎说不上是这样吧？

高口：……

在矢野精准的询问面前，高口书记官频频无言以对。矢野还审问了侦查人员，他们模棱两可的态度也暴露无遗。由此，矢野越发确信被关押在大阪看守所里的死刑犯谷口是无辜的。

此外，他还有一个很大的疑问，就是那些没有向法院提交的搜查资料，不知为何竟在检察厅丸龟支部丢失了。

一九五八（昭和三十三）年三月二十日，第一次重审申请被驳回，谷口繁义的死刑变得难以再撼动。

法务省为了准备执行死刑，命令高松高检递送"未提交公审的资料"。高松高检向地检传达了命令，地检又要求丸龟支部提交。

一九五九（昭和三十四）年六月二日，为了回复这一项指令，地检丸龟支部派人以佐藤鹤松的名义来到地检，还另附了一份下属写的"遗失报告"。

"终审判决记录接收完毕之后，在处理证物时，我厅也曾多次翻找过资料室和检察官的办公室，但未能找到没有提交公审的那些资料。甚至包括起诉当初列席现场的事务官所在的地方也都进行了搜查，结果还是未能发现。"

现在保留下来的侦查资料中，缺少杀人现场第一目击证人增井鹤於，以及当初作为重要嫌疑人、以另案逮捕的形式拘押长达十八天的正村定一的"供述笔录"等。那些同谷口的供认不相符的证言全都被销毁了。

谷口供述说，杀人后，他在被害人香川脸上盖了一张报纸。但正村作证说："[被害人]咬着牙，瞪大了眼睛。"另外，凶器被认定是切生鱼片的刀子，但正如宫胁回答矢野的审问时所说的那样，还有"用火箸刺伤的痕迹"。后来，矢野在广子夫人入住的医院偶然碰到了第一目击者增井，并听取了她的证言。她说，倒在地上的香川，脖子上杵着一根"像米探子一样的东西"。

审问还在持续，矢野在彻查记录时，确信了谷口是冤枉的。可是，最高法院已经驳回了上诉。地方法院或是地方支部的法官必须推翻上级法官驳回重审申请的决议。面对这样的命运，矢野并非没有感到过为难。

他在后来出版的《财田川黑暗审判》（立风书房，一九七五年）一书的"结束语"中，写下了当时的心境。

> 在审问不断推进的过程中，我所发现的事实甚至让我怀疑自己的眼睛。我了解到的真相太过重大，也太不正常了。就算是命运，未免也太残酷了。我曾经那么热爱法官

从死刑台生还　　105

的工作，如今竟开始对警察局、检察厅、法院甚至法务省都抱以怀疑和批判。

那段时间，面对抱回来的一堆文件，我总是抱头惆怅。"要怎么办才好？"我苦恼于如何解决这个问题。

但是，身为一名法官，应该选择的道路其实已经注定。那就是依法行事，有就是有，如实地做出判断。就是这样。就算我会因此再也无法立足于公检法三界，与完全无辜的谷口一直处于恐惧的状态下，不知何时就会被执行死刑的命运相比，简直微不足道。

要证明谷口是无罪的，就意味着要将警察、检察官、前辈法官的过错揭发出来，并公之于众。我其实也和世人一样，想要获得名利，希望能出人头地，这些都是肯定的。只是，如果发现了不公，我认为发现的那个人还是有必要做些什么的。

但是，尽管如此，我还是很苦恼。再过几年，我就迎来花甲之年了，也就是说，人生航路的终结——那宁静的港湾——就在眼前，可我却驻足不前了。家人、亲戚、朋友都希望我能安安稳稳。大家都跟我说，这才是最大的幸福。我以前也是这么认为。但是，为了守住自己平静的生活，就对无辜之人坐视不管，我无论如何也做不到。

我希望能够作为审判长决定案件的重审，并通过重审公审判定谷口无罪，把他释放出来。但我也很清楚这几乎是不可能的。检察厅、法务省都会反对，然后施加压力，这些都是完全可以预见的。这个事件当中的错误太多了，而且非常明显地表现出要将错就错的态度。正因为如此，这一事件包含了能够强烈撼动警察局、检察厅、法院、法务省自身的本质问题。

尽管如此,他还是安排了两名陪审法官进行合议,还起草了《重审开始决议书》,并交付打字印刷。然后,在重审决议之后宣布辞官。他还决定在那之后要承担起谷口的辩护工作。

一天,两名陪审员来到他的办公室。他们并不是要反对重审的决议,而是建议应该通过笔迹鉴定来确认"手记的伪造"。二对一。某种暗流似乎已经开始在涌动。合议失败,导致"决议"延期。就这样,矢野迎来了辞官的日子。那是一九七〇(昭和四十五)年八月,距离退休仅剩五年的时间。

离开法院的矢野伊吉大约在三个月之后,即一九七〇(昭和四十五)年十一月末,现身大阪看守所。"律师会见!"在看守的催促声中,谷口一脸迷惑地走进了会见室。原来是矢野法官。在重审申请的审理过程中,突然更换了审判长,他一直以为矢野是被调走了。

"我是想要帮你,才做律师的。"不苟言笑的矢野,眼神中散发着柔和的光芒。

"果然还是会有一个像神明一样的人相信我是冤枉的,我觉得无比地高兴,真的是感激不尽。"

谷口在给阿勉的信中这样写道。矢野提交了辩护人委任申请,请谷口签了名,按下指印之后便离开了。法官受理在任期间负责过的案件、公布相关内容,本身是一个禁忌。矢野为了拯救谷口不惜打破这一切。

他首先提起了民事诉讼,主张死刑判决是"由于故意或过失造成的违法行为",向国家索赔五千万日元。

在香川县一个贫寒的村落发生的那件普通的抢劫杀人案,

从死刑台生还　107

让谷口繁义被幽禁了近二十年，几乎已经被人们所遗忘。一直还保留着那份记忆的只有被害人的遗属以及谷口和他的家人们。

然而，谷口的父母没能见到儿子出狱，父亲菊太郎和母亲由香分别在一九六二（昭和三十七）年夏天和一九六三（昭和三十八）年年初与世长辞了。阿勉和阿孝过着隐忍的日子，偶尔见个面喝点酒，一起放声痛哭一场。与亲戚们的来往断了之后，兄弟俩见了面更是只有无限懊悔，忍不住痛哭流涕。

谷口繁义是八年后的一九七一（昭和四十六）年一月才得知母亲由香的死讯的。阿勉一直无法把这个残酷的事实告诉狱中的弟弟。他后来这样写道：

繁义君
　　谨启
　　好久没写信了，你还好吗？这么长时间也没有来信，你一定很失望吧？事实上，昭和三十七年父亲菊太郎去世后，隔了六个月母亲也走了。本来应该告诉你的，但是你自己都不知道什么时候会消失在刑场上，我就不忍心再告诉你这个噩耗，一直以来也没在信里提及母亲的事。我猜你是顾及我的孩子阳子、待子都长大了的缘故，尽量不再寄信过来了。很抱歉，对不住你了。
　　不过，既然在这里提到了，我就跟你说一说母亲的情况，以及她去世前的一些事情。
　　父亲是因为脑溢血死的。早上他还精气神十足，高高兴兴地出了家门。就在去善通寺找大师的路上，犯了病，一句话也没有留下就走了。这个事给你捎过信儿，我想你应该是知道的。

母亲在父亲身体好的时候就中风了，时好时坏，父亲也经常照顾着母亲。但是，就在父亲去世六个月后，旧历新年前夕，也就是昭和三十八年旧历十二月三十一日中午前后，她去世了。

平日里母亲总是行善，所以就跟睡着了一样，不知道什么时候断的气，就升天了。母亲在那之前很长一段时间都是时睡时醒的状态，所以走得也很自然。

这些悲伤的消息，你或许在冥冥中就已经感知到了。但是，这应该是我第一次正式通知你。还请你一定不要失落，保重身体。在那之后，我发愁要是你问起母亲的事，该怎么回答你。结果你也没再写信。我觉得你肯定也是顾及我的孩子们长大了，有意在"回避"。

之后，时光流逝，世事变迁，阳子今年已经二十岁，嫁到郡家一带去了。现在家里就剩我和待子，还有阿桀，三个人过日子。阳子嫁到了一个农户家（对方是和阳子在同一家公司上班的人），种着八反农田，现在两人关系很好，每周都会回来一趟看看。我正在建筑工地的现场工作。武夫哥当上了观音寺土木办事处的主管，每天骑摩托车检查道路情况。阿孝在碎石厂里干活。

光给你写悲伤的消息了。接下来，也让你高兴高兴。

事实上，你去年年初不是提出了重审申请嘛，相关审理现在正在进行中，事情绝对还没有终结。四月前后，也去你那里调查过了吧？

另外，这一次，有一个人就算赌上自己的一生也要帮你，他说："我不需要钱。就是出于良心想帮你。"可以说就像是神明一样的一个人。那位先生真是品格高尚，明辨

从死刑台生还　　109

是非。他在全国都很知名的。现在这个阶段，我暂时先不跟你说他的名字，迟早你会知道的（我估计报纸上也会大肆报道）。那位先生应该会在十二月中旬之前对外公布。

虽然是封悲伤的信件，但最后也算是个喜讯吧！我一直都觉得到最后一定会有那么一位了不起的名人出现。这位先生突然来到家里，跟我说他想要帮你，我真的感觉他就像神明一样。

虽然很想详细地写下来，但在法律允许的范围内，就先写到这里吧。谨慎起见，还是要跟你说一下，那位先生不是田万先生，完全是另外的一位。不管怎么说，希望能借助接下来这位先生的良心和好意。

而且那位先生已经完成了一份书稿，很快就要发表了，应该就在十二月中旬。我估计，十二月中旬左右，应该就能在报纸上看到相关的大肆报道。

那，这次就写到这里了，祝你身体健康。

记得回信。我等着。

勉兄

昭和四十五年十一月二十三日夜

谷口在狱中得知母亲去世的消息后，给哥哥阿勉写了一封信。

在来信里你提到，八年前母亲就去世了。其实我预感到母亲已经不在人世了，所以并没有感到特别吃惊。不过，对于我来说，失去双亲还是一种打击，没有比这更让人悲伤的了。但是，无论人们多想逃避，死亡都必定会袭来。所以我们无论何时何地都得面对死亡，在这个世上不留遗憾地活着，尽量多完成工作，相互之间要相亲相爱，每天都要过得正直、开朗、快乐。但人生往往很难如愿。今天傍晚，我赶紧把父母的旧照片放到了佛龛上，还找教育科长要了几个橘子和苹果供起来，诵了一段《佛说阿弥陀经》，祈求父母冥福。

我绝不会让父母和姐姐就这样白白死去的。从这个意义上来讲，我今后要怀着勇气和希望，跨过这份不幸，连同父母和姐姐的那份一块儿坚强地活下去，对他们也算是一种慰藉了。而且我相信还会有其他的人像父母那样信任我，今年我会更加努力。这么快阳子就已经二十岁了，这一出嫁，想必你心里也是空落落的。不过，其实父母和孩子势必有一天会分开住的。只要他们两个人相爱，就不用担心。祝福他们能开拓出幸福而有意义的人生。

一九七二（昭和四十七）年一月五日，矢野把自己的决心写成书信寄给了谷口。这是一封写满四张格子纸的长信。

● 致谷口繁义君的信
谷口繁义君

昭和四十七年的大幕已经拉开。自昭和二十五年四月你被捕收押以来，这已经是在监狱里迎接的第二十二个新年了吧！感谢你前几天的来信，读的时候我很受鼓舞。而且，你的字和文章都进步了许多。那封信我是一页一页读、一个字一个字看的。这二十多年的艰辛跃然纸上，在称赞你的进步之前，我必须向你那不死之躯，或者说是那份忍耐力表示敬意。你被迫背负起"因抢劫杀人罪而处以死刑"

这一世间最为残酷的重罪，被当作了牺牲品，竟还能够如此隐忍。这种力量的源泉，心灵支撑的基础，肯定是无辜蒙冤，怀着誓要洗刷冤屈的信念和决心。我相信你是无罪的，不带丝毫的怀疑。

你今后打算怎么做，是如何规划的？当然对现在的你来说，第一要务就是要通过重审争取到无罪判决。但是，无论你怎么大声疾呼"无辜啊！冤枉呀！"，就算你提起诉讼，也没有人会受理，甚至没有人会理睬，所以要获得无罪判决几乎就是毫无希望的，这一点你应该深有体会！确实是一件非常艰难的事情。

我作为审判长在审理过程中，了解到了这桩冤案，对无辜牺牲的你所遭受的不幸感到同情，于是觉得必须要谴责检察官、警察的非法和不当行为。像这样让你背负冤罪，要把你送上绞刑台，是警察、检察官还有法院的违法、误判造成的。作为一名审判长，我认为纠正前辈所做出的误判可以说是我的任务，或说是我的使命。而且要指出这是误判并证明这一切，就只有我能够做到。因此，我已经下定了决心牺牲掉审判长和法官的地位，还有我的工作。但是实践下来，现实依然非常严峻，至今还没有取得明显的进展。

正如你所了解的那样，这起案件经过了一审、二审、三审三轮审理，还有几次重审申请，应该已经有十位以上的法官审理过了。这其中，没有一个人能听取你的主张。如果只是浏览一下笔录，从"表面"的确是找不到不合理的地方。法官们通常都会相信检察官说的，认为被告人在说谎。因此，在检察官的主张和被告人的主张不同甚至是对立的情况下，或者说在双方主张都大致合理、都有可能发生的时候，法官们往往会听从检察官的主张。

至今为止，你的主张始终行不通，尽管你主张自己无罪，也有能够证明无罪的证据。另一方面，也存在如检察官主张的那样有罪的证据。也就是说有罪无罪都可。在这种悬而未决的情况下，法官会站在检察官一方。本案就是一个典型的例子。因此，不管你怎样拼命地叫喊"我无罪！无罪！我冤枉！"，根本起不到任何作用。尤其是像本案这样已经由最高法院明确判决的情况，更是如此。

但是，这次我抓住了决定性的证据。其一是手记是伪造的；其二是检察官的笔录也是伪造的；其三是国防色裤子的顶包作假。第一、二点没有辩解的余地，都是捏造出来的证据。如果不是详细翻看过记录且进行了各种相关调查的我，是无法指出这些的。

我一定会救你出来的。我有着足够的信心。但是，无论是谁都会觉得这个案件非常困难，而且现在法院似乎也不愿意处理的样子，这也难怪，法官们也都一样。我会想方设法，去付诸实施。请你再稍微等待一下。

关于我插手这个案件，朋友知己屡次忠告我，辞去审判长、法官的工作对我自己来说是一种损失，劝我收手。

谷口是一个少年犯，而且还是抢劫再犯，他如果出了监狱，也许还会再次犯罪。那样的话，肯定会造成麻烦。与其冒这个险，在法官的位置上干到退休岂不更合适！

或许是那样。你要是再次犯罪，很难说不会给我带来麻烦。因为遭到检察官、警察的欺负，作为死刑犯被监禁了二十多年，你燃起愤怒的念头，想要报复也是理所当然的，就算想拦也拦不住。

你之前寄给我的那幅在狱中临摹的马利亚像的铅笔画。我把它放进镜框，装饰在客厅里了。每次看到这幅画像，我都会觉得你的毅力和平静，真的在冥冥中向我指点着什么。你是以何种想法、怎样的心境挥动着那支铅笔的？此时，浮现在我眼前的，不是二十多年前那个犯下抢劫罪行的凶恶的不良少年，而是你要重生的姿态。你因为不断作恶，在社会上引起骚动，给他人增添了麻烦，然后意外地遭遇苦难，被强行打上了罪大恶极的"抢劫杀人犯"的烙印，成为死刑囚，在悔恨命运的捉弄和以前的罪恶的同时，你想要在修行的道道上开拓新生，这一点值得称赞。

谷口君，请你不要忘记这份心境。我也很怜悯你，所以才牺牲自己去营救你。我的心也很平静，但也很悲伤。请你不要辜负了我的期望。你应该也有很多烦恼，很多一个人解决不了的问题。那就让我来给你做参谋。我来指导你。请你一定要听我的话，并付诸行动。

我辞官至今也快一年半了。我打算公开发表我的意见。我不知道想过多少次要早点救你出来。不过，考虑到有可能妨碍我的后任等人处理案件，所以有所顾虑。但是我不可能一味地等待。二月中旬我将会提起民事诉讼，向法务大臣申诉情况，请求妥善处理。这方面的准备几乎都已经做好。

那就请多保重！尽可能多给我写信，讲一些日常的事情。

矢野伊吉

昭和四十七年一月五日

当年的九月三十日,矢野在合议失败后离开了法院,他的后任越智传审判长驳回了重审申请。两位陪审法官就是矢野担任审判长时赞成"重审开始决议"的菅浩行和吉田昭二位。越智的决议非常混乱。

在那份关乎一个人性命的决议书中,涉及关键的地方全部都用的是"疑问还未解开""无法理解""很难看出公平性""不可思议""很难说没有疑问""非同寻常""不能赞同""可疑""非常不公""甚是可惜""实在遗憾""不得不产生疑惑"之类的说法,不去做出明确的判断。

例如,关于唯一的证据,那条裤子的判断是"第二十号证物国防色裤子上只附着了极其微量的O型血,把它作为将罪行同被告人联系到一起的决定性证据,应该是没有疑问的吧"。

作为死刑判决的证据——血迹——不能同犯罪行为联系到一起的话,由此导出的结论就只有"冤罪"二字。越智审判长应该是想到了这一步,但他好像惧怕于这一结论的严重性,因而畏缩不前,最终选择隐藏在迄今为止的判决背后。

"……本法院花了三年多的时间,尽可能广泛地进行事实调查,原本计划在推理、洞察方面尽最大的努力,但侦查人员的证言也不能完全信任,而且事情已经过去了二十多年,到现在,一些关键性的证据已经遗失,有的证人也已经去世,就算活着,记忆也都模糊了,要再现事实非常困难,就如同探求虚无缥缈的历史一般无力。我甚至有种冲动,想要恳求,财田川啊,你若有灵,就请把真相告诉我吧!"

越智审判长决定不去做出判断,而是躲进了他所隶属的秩序的世界里。他欠缺的就是承认真相的勇气。不过,这也显示出当时法院存在的局限性。

例如,就连真凶已经现身的弘前大学教授夫人被害事件[①]中,仙台高级法院在两年之后的一九七四(昭和四十九)年十二月,下达的仍然是"驳回重审申请"的决议。重审的大门逐渐打开是在一九七五(昭和五十)年五月的"白鸟事件"[②]中,最高法院小法庭开始适用"疑点利益归于被告"的铁则之后。

继而,"弘大事件"在一年之后成为开启重审的头号案件。下级法院严格隶属于国家权力的象征之一——最高法院,其权力比事实的力量还要强大。越智审判长或许就是深谙这一点。

总之,在谷口面前,时隔二十二年才隐约可见的那微弱光明,又被黑色的法衣所遮蔽,他再次被踢进了黑暗的谷底。

重审申请驳回决议的一年之前,矢野伊吉发行了一本小册子,题为《财田川事件的真相》。那本小册子是打印的,B5版

[①] 1949年8月6日晚,弘前大学医学部教授夫人在日本青森县弘前市家中休息,被入室男子用刀刺死。居住在附近的那须隆作为嫌疑人被问罪定刑。事后,案件真凶投案,经重审,那须隆被判无罪。此案成为日本首起重审获判无罪的案例。
[②] 1952年1月21日,北海道札幌警察总部的白鸟一雄警部在市区遭到枪杀。同年2月25日,众议院行政监察委员会宣布该案为日本共产党的恐怖行为。日共札幌委员会委员长村上国治作为主谋犯被当局起诉。后因证据不足,无法证明犯罪事实,迟迟未能宣判。直到1963年10月,最高法院才判处村上国治有期徒刑20年。后村上仍主张无罪,申请重审、特别抗告等,均被最高法院予以驳回。不过,1975年,最高法院出台了一项决议来规范开启重申的判断基准,即《白鸟决定》。该决议强调综合判断审判中使用的证词、证据,如果判决中产生了合理的疑问,就可以纳入再审范畴。再审制度既然是刑事审判,就应适用"疑点利益归于被告"的原则。

大小，共计八十九页。副标题是"追究当局的责任，救出死刑犯谷口"。在前言中矢野这样写道：

"绝不能让他就这样死！谁来拯救一下他吧！我就像感知到了上天的召唤，驱使着自己。好在任职期间做过一些记录和摘要，还保留了裁定决议的草稿。将这些整理出来，诉诸舆论，只要能救出谷口便可。本稿就是出于这一立场而总结整理的。

"一方面，不能妨碍继我之后负责本案的现法院的处理。这也是我一直坚守的一个原则。因此，在辞官之后我再也没有翻阅过那些记录的原本。尽管在撰写这份书稿时，多次想再度确认一下那些记录，但最终还是放弃了。"

阿勉作为喜讯告诉弟弟的那个人就是矢野律师。他几乎同时出现在了财田和大阪。矢野打破了《法院法》和《律师法》中不可公开或触及担任法官期间负责的案件这一禁忌，开始了营救谷口的行动。虽然后来重审被驳回，但要求赔偿损失的民事诉讼也是一种手段。矢野把自费印刷的小册子分发给了司法界的内部人士和报社，结果招来高松律师协会的警告处分。

一九七二（昭和四十七）年一月十九日，《产经新闻》刊登了矢野伊吉状告国家提出损害赔偿的消息。

> 那个死刑犯是冤枉的！案件的法官，摇身一变成为辩护人
> "供述"涉嫌拷问，赌上余生要重审

次日《朝日新闻》也登载了同样的报道。

财田川事件　白昼之下的暗黑
为搭救死刑犯提起诉讼　原法官负责重审申请

　　立风书房的一位编辑读了这些报道，对矢野的做法非常赞同。他给矢野打去电话，委托他执笔，矢野当时身体还很健康，但还是冷冷地回绝了。编辑并没有死心，同年二月，未经事先联系就直接造访了位于丸龟市的矢野家。据说，结果这位编辑不但被告知没有出版意愿，还因为擅自前往挨了一顿臭骂。

　　尽管如此，在编辑的劝说下，矢野最终还是同意出版一本书了。这位编辑是我的高中同学。他拜托我帮忙，一度我还很犹豫。那个时候，我对这个事件完全不了解，也不想跟不知道是不是冤案的事件扯上半点儿关系。

　　但是，《财田川事件的真相》这本小册子的确充满了一种异样的气魄，是它打动了我。里面所叙述的事实能够让人完全相信。于是，我决定要协助该书的完成，并开始着手准备。

　　重审被驳回的次年，也就是一九七三（昭和四十八）年，四月上旬，我第一次去拜访了丸龟市矢野律师那朴素的家宅。他在一年前因为脑中风病倒，半身不遂了。即便如此，在那矮小的身体里，依然充满了一种执念。他用僵硬的舌头像在大喊般说：

　　"这就是权力犯下的罪行！"

　　每每谈到核心问题时，他总是探着身子，用没有麻痹的左手使劲地敲打矮桌。

　　次日，我还去走访了财田町。在财田川的沿河路边上，田里有一家农户，那就是谷口的家。哥哥阿勉正在自家旁边的地里挥动着锄头。为了迎接我这位突如其来的造访者，他停下了手里的农活,坐在土间的地上。胶底布袜上沾满了泥土。当时,他那困惑的表情,真实地反映出作为蒙冤者的家属被压垮的二十多年。

他恳求道:

"我希望你不要管这件事情。"

他有一个适婚年龄的女儿,还在同生活苦战。我没法说什么,便离开了。那时,在熊本,兔田荣①的父亲也劝儿子放弃重审。

在那之前,谷口勉比弟弟还要期待重审的开启,他还写信给狱中的弟弟鼓励他,在艰苦的条件下一直坚持给弟弟寄钱。

> 不知道你是否了解在九龟法院开审的"池内音市事件",我相信也和这个案子一样。
>
> 被害人的血迹和音市供述他行凶用的凶器镰刀上的血迹也是一致的。不过幸运的是,有另外的嫌犯出现,这个情况也就无所谓了。但假使没有其他犯人出现的话,音市或许也会被判处死刑。即便现在也会有一些类似的案件,所以我觉得应该在完善彻底地检测血液结果之后,再进行判断。但目前确实是一种无能为力的状态,你通过负责人提交一下血液再鉴定申请如何?
>
> 夏天蚊子多,在许许多多的蚊子里面也是有各种各样的血液的。基于这样的现状,仅凭少量的血液——更何况是人的血液还是别的什么都没搞清楚,只判定了是O

---

① 即"兔田事件"的当事人。1948年12月29日深夜至30日凌晨,熊本县人吉市一位祈祷师(巫师)一家四口在家中遭遇入室抢劫,致两死两重伤。兔田荣作为该案的嫌疑人被起诉,经过审理被判死刑。后经重审获判无罪。此案成为日本死刑犯经重审获判无罪的首个案例。

从死刑台生还

型——正如前面所说的那样，是MN式还是Q式的血型①都还没有判明的情况下，就要夺去一个人的性命未免太残酷了！所以呢，你就申请试试怎么样？

这个事说到底，只能是当事人自己来申请。我们都没有资格。"被长期非法扣留、拘禁后的供述，根本就不能作为证据。任何人都不能因为唯一对自己不利的证据是自己的供述，而被认定有罪，或是被处以刑罚。"

用"参照宪法第三十八条，希望能够申请现在对进一步的细节问题进行调查"（这样的措辞）。前面提到了被害人是O型血，裤子上的也是O型，但并不能完全肯定被害人就是ONQ型。"也就是说，如果没有分辨出是MN式还是Q式的血型，就是在靠推测来决定人的生死。而且我当时才刚刚成年，处以极刑实在是太过严苛了。长期，而且是非法长期拘禁，对我来说唯一不利的证据就只有那份强行逼供的证词，况且其本身也是非法的。"你就提交一份这样的材料，申请调查试试！

因为矢野的来访而感到的欢欣雀跃不过是昙花一现，期待已久的重审被再次驳回。阿勉感到精疲力尽，他已经绝望了。事件发生之后，他被没收了腰间的手枪。这对一个警察来说是莫大的侮辱。他无法忍受等待他主动辞职的上司和同事的目光。最终，在六个月后，他递交了辞呈，不再做警察了。有形和无形的压力并存。刚刚结婚的他，在那之后干了很长时间的建筑工，后来被同警察非常相近的保安公司录用，生活这才慢慢稳

---

① 血型系统，类似ABO血型系统，是各自独立的血型分类方法，在法医的实践活动中被广泛应用。

定下来。

我的出现似乎给耿直的阿勉带来了很大的不安。他没办法保持沉默，很快就给弟弟写了一封信。

- 哥哥阿勉致繁义的信

近来，你身体可好？我们都很好。

前些日子，在矢野先生、田万先生都列席的情况下接受了审理，但还是收到了那样的结果，真是遗憾。不过，总有一天一定能成的。还有，就是最近，东京的出版社正在写书的一位叫镰田慧的人来到我这里，说是要把迄今为止发生的事件经过都写成书。我对你的内心还是比较了解的，我在想你会不会反对呢？就算出了书，也没办法重审。这样一来，全日本的人，包括以前那些不认识的人就都知道了。而且，为人父母，我们觉得孩子们未免也太可怜了，所以我希望不要这样做。

一旦写成书，亲戚们都会不再理睬我们。另外，我现在在某公司（原文为实名）的工作也得辞掉，对孩子们的亲戚也会造成影响，结婚、就职等等都会遭牵连。

现阶段的证据不够有力，但是我相信迟早有机会能见你。

在你看来，或许是想让全国人都知道至今为止的这些事情，但我还是请你好好地再考虑一下。即使现在不能马上出版那样的书，早晚有那么一天我会主动请你去出版的，只是现在请你暂时再忍耐一下。

尽管很想写得更详细一些，但又无法通过文字来充分表达我的想法。改日面谈吧！不过，我在高松工作，又很难抽出时间，所以在此仅举出以下几点：

1. 重审之路困难重重，现在出书对你来说不过只是一丝慰藉。（矢野先生前些日子因为轻度中风，说话都含混不清了。仅供参考。）

2. 写成书的话，会给亲戚带来困扰，遭到孤立。

3. 事情还关乎孩子们的将来。

4. 我又得再去找一份新的工作。现在，我已经是某公司（原文为实名）四国分社的股长了。

5. 想法不同，出版公司也有可能是出于营利的目的（多出书的话自然能赚钱）。不能上了他们的圈套（看法不同）。

6. 出版时机过早。

7. 世人已经忘记了，这样又会引发过往的那些事情。如果是发现了什么新的有力证据，那可以另当别论。

如上所述，也许会不合你的意愿，但现在好歹再考虑一下！

繁义君，祝你身体健康。期盼你的幸运能够早日到来。

勉兄 笔

出版的事情，对于在单人牢房里咬紧牙关硬撑着的谷口而言，比我们想象的还要重要。阿勉极力地想要劝他放弃出版。在那之前，从未对兄长有过半句微词的谷口，这样道出了他内心的苦痛。

- 繁义致哥哥阿勉的信

听说从东京的出版社来了一位叫镰田慧的人。关于这件事，哥哥您强烈地提出反对意见也不是没有道理。但是我相信这个人是相信我是冤枉的，才要向我伸出援助之手的。要拒绝这样一位充满正义感，而且想帮我的好人，对于我来说，实在做不到。我想通过出版一本书，更进一步证明自己是冤枉的。以前不认识的人也好，认识的人也罢，读了书之后，他们中会出现更多打消疑虑，愿意帮助我的人吧。

　　哥哥应该也知道，那个"八海事件"[①]就是正木弘律师出版了《检察官、法官》一书，后来还拍成了电影，申诉冤情，通过这样的方式才让全日本的人都看到，才赢得了无罪的判决。我始终抱着"真相一定会胜利"的信念，每天努力地生活在监狱里，但我痛感不管我在狱中怎么喊冤，也无济于事。

　　我对矢野审判长、越智审判长等审理时的庞大笔录抄本进行了摘录。矢野先生撰写的《财田川事件的真相》，我也读过了。我绝不能原谅那些检察官、警察的犯罪行为。所以，如果不让他们尽快地调查上述事件的真相，我便无法平息胸中的怒气。从这个意义上来说，我希望一定要出版。这或许才是通往那始终无法实现的重审（无罪）的道路。

他给矢野也寄去了一封内容几乎相同的信件。

致矢野先生

　　话说，四月十九日，我读了哥哥寄来的信。说是东京

[①] 1951年1月24日，山口县熊毛村八海发生一起抢劫杀人案，一对老夫妇在家中被害。吉冈晃、阿藤周平等5名犯罪嫌疑人被捕，经过先后7次审判，历时17年，最终除吉冈之外其余4人均被宣判无罪。后拍摄成电影《白昼下的黑暗》（1956）。

从死刑台生还

出版社的镰田慧先生去了我家，要把迄今为止发生的事情经过写成书，和他进行了各种沟通。关于这件事，哥哥说孩子、兄弟都很无辜，希望不要这样做。他会提出反对意见也不是没有道理，但是我认为通过出版书籍，可以进一步证明我是冤枉的，以前不认识的人也好，认识的人也罢，如果让他们都读了，就更不会有所怀疑了，他们一定会向我提供援助。

如今是一个正义势必会获得胜利的时代。我阅读过矢野审判长和越智审判长等审理时的庞大记录抄本，还做了摘录。读了矢野先生写的《财田川事件的真相》，我无法原谅检察官、警察的犯罪行为。

揭露这样的不法行为，早点让世人了解我们正确的主张——从这一层意义上而言，我希望一定要出版。这或许是一条通往一直无法实现的重审（无罪）的路。我相信镰田慧这位先生是由于相信我是无辜的，才千里迢迢从东京赶来。我不能拒绝这样一位愿意帮助我的好人。这位先生跟您见过面吗，还是说根本没有关系？不管怎样，如果没有矢野先生的协助是不可能出书的，所以还要等待先生您做出一个判断。

我就先写到这里。今天仅跟您讲一下这个紧急情况。
代我向诸位问好！保重身体。合掌。

谷口繁义
昭和四十八年四月二十五日

同矢野律师的沟通结束后，在返回东京的途中，我在大阪下了车，顺便去了一趟淀川沿岸的大阪看守所。我带着矢野的

"辩护人选任申请"去的。

但是，在二楼办公室见到的那位负责长官说：

"不允许同死刑犯会面。谷口不知道什么时候就被行刑了，不能扰乱他的心绪。"

就这样，会面没有得到应允。那位长官应该也没有把我造访的事情告诉给谷口。

那时候，死刑犯谷口在狱中的生活，如下所示：

● 早上七点半，伴随着起床铃声起床，叠被子，洗脸，进行检查。

吃完饭，九点开始，由警备队的一名体育负责人带到操场。进入运动场后，借一个球，跑跑步，走一走，再练练单杠，然后练习一下投球。投球就是把球弹到墙壁上，再反弹回来接住，反复投上几次。运动时间是四十分钟，之后就回到房间看报纸。

● 星期一 下午一点三十分从牢房出来，到五楼的俱乐部，跟两名教育科的职员，还有一名特警的职员一起打乒乓球。三点半回房间，打来热水擦身子。

晚饭过后，五点十五分进行检查，七点就寝的铃声就会响起。同时大灯全部熄灭，接着就是睡觉。因为我申请了特殊延长照明的许可，还可以再作作画、抄抄经文。

● 星期二 只是出去运动一下，除此之外，几乎都待在房间里。

● 星期三 早上九点开始出去运动。跟平时一样，从看守那里拿一个白色的皮球，不停地往墙上扔，弹回来接

从死刑台生还　125

住它，再跑跑步，走一走。之后，回房读报纸。下午一点三十分开始从牢房里出来去一个日式房间（佛堂）。观看彩色电视，同时还能吃上茶点。有时还会弹弹吉他。有的人还吹吹笛子，或是下下棋。

　　这段时间可以自由集会，也可以看电视。时间是两个小时，其间，还可以交换图书。三点半回房间时，还可以把书借回去。

　　● 星期四　只有运动。之后就是在房间里看书、写经、画画等。

　　● 星期五　除了运动以外什么也没有。在室内坐禅或作俳句。洗澡的日子就不会安排运动。

　　● 星期六　有时候早上一大早就去理发。运动之后回到房间，打来热水擦身体。然后看看报纸。下午开始"宗教讲座"。之后，还有电影和各种各样的活动。

　　● 星期日　没有运动，一整天都待在房里。十二点开始在房间内听收音机。

　　● 电影每个月有两次左右。歌唱大赛一年一次。乒乓球比赛也有两次左右。

　　（现在，依然没有"自由"的待遇，反倒更加封闭了。）

　　谷口通常是靠画画打发日子。画的人物有圣母马利亚、佛像、吉永小百合[1]、园真理[2]、舟木一夫[3]等等。他是看着照片临摹下来的。尽管看着一个又一个同伴被带到死刑台，但不论是

---

[1]　演员，1945年出生，1956年出道，作品涉及影视歌等很多领域。代表作有《伊豆的舞女》（1963）、《青春之门》（1975）、《细雪》（1983）等。
[2]　歌手，1944年出生，1956年以童谣歌手的身份出道。
[3]　歌手，1944年出生，1961年出道，同桥幸夫、西乡辉彦并称为"御三家"（三大家）。

精神上，还是肉体上，他都在顽强地活着。他的适应能力可以说异常惊人。

矢野要出版的那本书，成了当时谷口的一个巨大的精神支柱。他这样写道：

> 我觉得那名犯人到现在应该还不知道时效的问题，一直都在战战兢兢地活着。犯人肯定也是有良心的。他应该没有一天不会想到还在狱中痛苦煎熬的我。然后，就算是有心想要"救"我，估计也没有勇气主动报上名来，而是一直谨小慎微地活着。
>
> 犯人绝对不会过上安逸的生活。他的日子肯定是比我过得还要痛苦。既然犯人也是人，就不可能听不到我喊冤的呼叫。今年先生为我出的书，一定能够激励真凶，强烈地谴责他的良心，我相信真凶一定会出现的。

一九七五（昭和五十）年十月，谷口和矢野的执念终于集结到了一本书中付梓发行。这就是矢野伊吉所著的《财田川黑暗审判》。正如谷口在给哥哥的信中所迫切希望的那样，这本书向社会传达了他的冤屈，出现了很多愿意帮助他的人，重审的那层厚重的壁垒也随之打破。

矢野忍着病痛用左手写完的这本书一经出版，各个报社纷纷大肆报道。将担任法官时负责的案件中的"黑暗"之处和盘托出是前所未有的事。

"原审判长的告发书出版"（《读卖新闻》香川版）、"搭救死刑犯的执念"（《山阳新闻》香川版）、"'死刑犯谷口是无辜的！'半身不遂，左手写就"（《四国新闻》）、"主动承辩的死刑犯无罪，原审判长出书力证"（《朝日新闻》）。

有很多书评专栏提及此书，周刊杂志、月刊杂志也都报道了"财田川事件"。这也是我和劝说矢野律师执笔的那位编辑两个人分头前往报社、杂志社、电视台推介的结果。谷口、矢野、编辑三方各自在孤立无援的状态下坚持着战斗，相互之间拧在一起就化作了一股洪流。我们那些琐碎的工作终于得到了回报。

那时，"新居浜①人权保护会"的加藤弘开始活跃起来。醉心于正木弘②的他买下了大批的书，到处派发。揭露真相的小型集会也开始召开。因为这一本书，让那件发生在穷乡僻壤、已经慢慢被抹杀的小案子变成了全国性的大事件。读了这本书，四国学院大学的教师们开始行动起来，总部设在东京的国民救援会也开始给予支援。要求重审的市民运动逐渐掀起。

矢野一直说："谷口到底扔没有扔凶器，财田川是最清楚真相的。"于是，这个事件不知不觉就被叫做了"财田川事件"。

流淌在谷口家旁边的那湾清流，至今仍在奔流不息。它映出了迄今为止的审判的黑暗。

---

① 爱媛县新居浜市。
② 前文提及的那位根据"八海事件"撰写了《检察官、法官》一书的律师。

第四章 重 审

作为证据的那双鞋子在哪里?招供的"手记"是怎样写就的?被埋葬于黑暗中的真相,在审问原侦查人员的过程中逐渐浮出水面。

谷口繁义手持在狱中所作的佛像画

冈田忠典、古高健司两位律师在一九七六（昭和五十一）年十月六日面见了谷口繁义。

应矢野律师的请求，日本律师联合会决定积极参与到此案当中。神户的北山六郎为团长，大阪的冈田、神户的古高、土井宪三，以及东京的冈部保男、上野登子和居住在高松的年轻律师猪崎武典（他没有参与对矢野的警告处分）、丸龟的岛田幸吉，还有从最开始就亲自经手的田万广文和矢野伊吉等人组成了辩护团。

两位律师在大阪看守所的地下会见室见到了谷口。但是，谷口却以一副生硬的态度迎接了他们。据冈田说，谷口用警惕的目光盯着他们，就像是射出了一束蓝光。

《财田川黑暗审判》出版后，有好几位律师过来提议要帮助他，但是全都被谷口拒绝了，过后他也向矢野汇报了情况。对于谷口而言，矢野就是他的全部。谷口很清楚，一直以来，能够为了救他赌上一切的，就只有矢野。

冈田和古高就日本律师联合会进行了解释，讲明了是在矢野的请求下成立的辩护团。谷口这才终于在辩护人选任申请书上签名盖章。就这样，在被捕后的第二十六年，终于开始了有组织的辩护活动。

一周后的一九七六（昭和五十一）年十月十二日，最高法院第一小法庭（岸盛一审判长）决定将该案送回高松地方法院处理。

正文
撤销原决议及原原决议。
本案送回高松地方法院处理。

针对继地方法院之后高松高级法院驳回重审申请的决议，负责为申请人谷口辩护的矢野律师及其他四位律师一起提出特别抗告，该特别抗告得到了认可。"原决议"是指高级法院小川豪审判长驳回上诉的决议，"原原决议"是由越智传审判长做出的地方法院丸龟支部的决议。

最高法院的决议这样写道：

"最终判决仅凭所举证据，就断定申请人为抢劫杀人罪犯，未免过于草率。"

然后在结论部分写道：

"倘若不取消原决议以及原原决议，显然有悖正义。"

换言之，迄今为止的审判中所做出的所有决定都是有悖正义的。这是由包括最高法院第一小法庭岸盛一审判长在内的四位法官"全体一致"通过的决议。

"原决议未考虑到申请人主张的《刑事诉讼法》第四百三

十五条第六款规定的事由。此外，原原审虽然驳回了申请人的请求，但在本案最终判决的事实认定过程中对证据的判定，如前所述曾提出过很多疑问，且破例采取了对上级审进行批判性调查阐明的举措。只不过最终还是轻易地就认可了原原决议，这无疑是存在审理不到位的违法之处，显然这也是对原决议产生影响的因素。故，如果不取消原决议和原原决议，显然是有悖正义的。"

与此同时，最高法院也对矢野展开了批判。

"另外，矢野律师，你除了提交过正规的上诉意见书之外，还屡次通过印刷品、著作等方式向社会呼吁申请人是无辜的，还将这些资料寄送到本法院。作为律师，你插手自己在法院供职期间负责的案件，为了得到自己期待的判决结果，采取煽动舆论的行为，从职业伦理来说应该避免这些行为。现在甚至已经有一些国家的律师协会制定出了相关主旨的伦理规程。本案中你在上述文稿里的论述，的确有可能会让民众认为审判是在没有确凿根据的情况下胡乱下达的，从而造成误解，产生不信任感。当然，在论述中，也有部分与法院的判断一致的点（论述中还有若干内容已经在原原决议中指出）。从论述整体来看，也有同本法院的判断过程和结论相去甚远的地方，通过以下对比说明便可知晓。"

这是在批评脱离法庭的矢野从外部批判审判有可能会造成法院的权威丧失。可是，就算他没有做出舍生取义的行动，最高法院就能大肆宣扬自己是"正义"的吗？如果不引起骚动，正义肯定不会从最高法院降临。也正因为如此，至今仍有很多蒙冤者在痛苦挣扎。

最高法院作为司法最高审判机关，全员一致认为"断定申请人是犯人过于草率",判定此前的审判"有悖正义",就间接地表明了谷口是冤枉的。然而,自那之后又过了七年,谷口依然被当作囚犯幽禁着。这又意味着什么正义呢？!

尽管如此,谷口依然还是真诚地期待着有朝一日能够被转押回故乡的看守所。他在一九七七（昭和五十二）年九月二日寄给矢野的信中如下写道。

● 谷口繁义致矢野伊吉律师的信

我在高松看守所被判处死刑,被转押到原大阪看守所是在昭和三十二年二月十六日。自那之后,已经过去了二十年。那时押送我的狱警都已经退休了吧？来大阪时,在船上、车上绝对确保我的人身安全、始终亲切待我的那四位警官,我至今对他们还心存感谢。

在离开高松港时,面对那逐渐微弱的灯火,我曾发誓一定要回来。之后,时隔二十年零六个月,被转押回令人怀念的高松的日子一刻刻临近。我想最为此感到高兴的应该就是我那已经过世的父母和姐姐,以及被害人香川重雄了吧！当然,那些笑着站到断头台上,嘱咐我替他们活下去的诸位友人,也一定会为我的出狱送上祝福。

我相信这次即将在高松地方法院开启的审理,不会是像以前那样被浑浊所染的黑暗审判,而是一次光明、正确的审判。法院现在终于要真正正面倾听我持续呼喊二十七年的冤屈了。曾几何时被矢野先生命名为"财田川事件"的这起案件,一直都被埋没着,现在终于见得光明。在国民时常关注的当下,审理应该不会再像以前那样只是走个过场。

我现在终于来到了悠长隧道的出口。可是，我已经回不了青春时代，回不了那个可以充分享受自由、奔放的人生黄金时代。越是这么想，我就越发厌恶那些检察官和警察。这种精神上、肉体上的痛苦真的是难以言表。

　　我在（昭和）四十四年向高松地方法院丸龟支部提出了重审申请书，如果不是矢野先生进行了事实认定的审理，中村正成销毁公审未提交记录的事实、宫胁等人伪造手记等资料的事实，到现在我可能都不会知晓。这一次，我确信法院会站在正确的一方，重审势必会开启，无罪判决也一定会向我下达。

　　我并不认为过去那些法官、检察官让无辜的我蒙受最高的刑罚后，自己还能过得心安理得。无论是多么强大的国家权力，也绝对不允许将无辜的人判处死刑。

　　我从去年九月二十九日开始受到远离死刑犯的待遇，搬到了别的牢房，现在已经完全脱离了死刑犯（友人）的待遇，所以我不会再像以前那样能够接触到其他死刑犯了。如今除了我，没有一个是确定判处死刑的犯人了。据说现在的审判中，如果不是相当凶残的罪犯，也不会有被判处死刑的可能了。这也是时代发展的一个趋势吧！

　　高松地方法院受命于最高法院，处理这起被送回的案件，并于一九七九（昭和五十四）年六月七日决定"开启重审"。案件中，古畑的鉴定是研究生以古畑的名义代理鉴定的，故被批为缺乏可靠性。

　　一年零九个月后的一九八一年三月十四日，高松高级法院（刑事一部伊东正七郎审判长）驳回了高松地检提出的即时抗告。高松高检放弃特别抗告之后，谷口繁义作为死刑犯的首次重审确定了。

于是，自那年秋天起，高松地方法院开始了重审的公开审判。不过，尽管如此，谷口还是作为一名暂停行刑的"死刑犯"被关押着。

蒙冤的谷口繁义，为什么还要继续被关押呢？其根据是什么？矢野律师在家里谈到这个问题时，总是异常激昂地敲打着桌子。

"夺回他！"

"诶？"

我反问了一句。他的确说的是"夺回"。矢野表示，必须打开看守所的大门，现在马上让他们释放谷口。他的表情可以说是严肃的，还有那盯着对方看的犀利目光，毫无疑问是三十余年来一直坐在法官席上练就的。在当地，他被誉为"秋霜烈日"般的法官。

在司法界度过了一大半人生的他，此时却痛批审判，主张现在就把犯人夺回来。矢野的语气比我最初见到他时还要激进。

广子夫人一直支持着孤立无援的矢野，结果因积劳成疾于一九七八（昭和五十三）年十二月与世长辞。矢野每天就像在给自己施加苦役一般，一直坚持着用左手撰写书稿，为照顾这般拼命的丈夫，广子夫人也病倒了。因为与谷口的邂逅，矢野抛弃了在司法界安稳的地位，引退下野。这也是他为了挽回自己所信仰的法律之正义而进行的一场孤军作战。然而，矢野病倒了，还失去了堪称其左膀右臂的夫人。

得知此事的谷口，给极度悲伤的矢野写了一封信。

● 谷口繁义致矢野伊吉律师的信（一九七九年一月十日）

　　感谢您寄来的明信片。另外，在那之后，您用快件寄来的信件，也让我发自内心地感谢。得知那般健康的广子老师于去年十二月十二日去世的消息，我感到十分震惊。我默默地流下了悲伤的眼泪。我本希望至少让夫人能看到重审开始的决议。广子老师应该也期待着这一天吧。

　　我真的很理解矢野先生您失去爱妻的心情。我和充满活力的夫人面谈过三次，我觉得能够见到她真的很荣幸。至今我的脑海里还能清晰地浮现出夫人当时爽朗的笑容。

　　擦干过去这一年里流下的泪水，我会更加努力，早日恢复清白之身，也算是回报夫人的恩情了。

　　合掌

　　谷口繁义在寄给矢野和兄弟的信中，充满了思乡之情。谷口在高等小学时期，记录是"优"的科目就只有"音乐"这一门。面对死刑，他曾经用旧式磁带录了一首《谁不思乡》，寄给了阿勉。据确定重审开始之后面见过他的猪崎武典律师所说，谷口在埋头练习回乡时怎样向周围的人打招呼。他通过这样做来按捺着自己激动的内心。

　　但是，我走访了一下案发现场附近的一些人，发现他们还在怀疑谷口。甚至有人说："他要是回来的话，太恐怖了。"谷口是一个三十多年来一直戴着死刑犯面具的男人。正是出于对那副面具的恐惧，人们根本不想去正视他真实的面貌。

　　受害人的妻子香川常子表示：

　　"乱了乱了呀！"

　　她或许也是想表达内心的委屈吧。

从死刑台生还

她哼唱小曲一般地说道："被杀的人微不足道，活着的家伙倒生了花。"对于这样表态的她而言，谷口的生还或许并不是她所希望的。可是，谷口能活下来，毋宁说是一个奇迹。正因为他活下来了，真相才能够回归。这对我们来说也是一种救赎。

例如，弘前大学教授夫人被害事件发生在"财田川事件"的前一年，也就是一九四九（昭和二十四）年，被告人那须隆虽然一次也没有供认，但还是在检方的上诉审（一审被判无罪）中被宣判有期徒刑十五年。没有重审的希望，那须隆在仙台的宫城监狱蒙冤服刑了十一年。那须出狱之后，真凶出现，他最终被确定无罪。从出狱到无罪，花了十四年的时间。

即便是被判无罪，大众媒体大肆报道，先前在民众的记忆中扎下根的杀人犯的形象，也不是那么容易就能抹去的。就连五年前在我采访"弘大事件"时，案发现场附近，也就是我出生的老家附近，人们依然表示出对原被告的怀疑态度。

继"兔田事件"之后开始重审的"财田川事件"，已经结束了四次公审。法庭让检方申请的证人即当年的侦查人员出庭，以每个月两次的速度进行证人调查推进审理。在证人席上，他们各自都摆出一副对侦查工作并没有那么热心的姿态。

以他们的立场而言，现在已经极度不想被人拿着过去的工作指摘自己了，也不好意思再强烈主张谷口就是犯人的观点了。因此他们不再像之前那样按照检察官的期待，证明谷口的罪行。

一九八一（昭和五十六）年十一月十一日，第五次公审开始。坐在证人席上的是田中晟警部，正是他和宫胁合谋逼谷口供认的。他在担任市内各警署的署长之后，登上了保安公司会长的位置，现在居住在混凝土建造的宅邸之中。继前一天检方的询问之后，辩方进行交叉询问质证。结束后，审判长问道：

"你有什么想说的吗？"

他想要让谷口发言。谷口立刻站起身来。田中已经七十多岁，身材依然非常健硕。谷口站在他的斜后方，慢条斯理地问道：

"我想问田中先生，刚才你跟岛田律师说，你审讯我的时候，是在西边的那个审讯室，对吧？"

"是。"

"其实并非如此，你还记得东侧南面有一个审讯室吗？"

"不记得了。"

"不，是有的。……那时候你是穿着什么衣服来审讯我的？"

"因为在热天，应该就是夏天的衣服。至于当时衣服的颜色什么的记不得了，但感觉应该穿的是夏天的衣服。"

谷口异常温和，像是在告诫孩子一般继续着：

"我清楚地记得，你在审讯时，穿的是大裤衩，上面是短袖汗衫。你一直都是穿着内衣审讯我的。"

"胡说。我一次也没穿过什么大裤衩。"

旁听席上响起了一片哄笑。因为"一次也没穿过大裤衩"的这种否认方式很是奇特。

"你说那个房间里有坐垫。"

"是。"

"其实，没有。"

谷口有意捉弄他似的说道。田中一本正经地回答：

"不，我记得是有。"

"不不不，你是有坐的地方。但是嫌疑人是没有地方坐的，不是吗？"

"我不这么认为。我记得是有的。"

谷口没有理会他，继续说：

"然后，你还记得审讯大约一到两个小时。这期间你始终让我跪坐在那里接受审讯，记得吗？"

"不，我不记得强迫过你跪坐。早上呢，我们去到那个房间，然后你也过来，打声招呼，询问一下健康状况，身体有没有异常、肚子饿吗之类。那时候，我记得你当然是跪坐的。不过跪坐一会儿，大家就都随便放松坐姿了。我印象中是这样的。"

谷口抢先说道：

"在现场，你右边是广田（巡查部长）对吧？"

"是。"

"那你还记得左边是宫胁副警部吗？"

"宫胁副警部根本就没去过审讯室，只是偶尔会拿着些什么报告书之类的过来找我，他从来没有因为审讯你，坐到那个房间里。"

"他审讯过我。"

谷口苦笑着继续说。

"嗯，这一点倒无所谓。你在审讯时，对我说过'快点招供，招了就给你好吃的，怎么样'之类的，你还记得吗？"

"所谓的'给你好吃的'，是怎么回事？好吃的是什么？"

田中突然有些恍惚。

"好吃的，就是饭菜呀！"

"不，那种事怎么……"

"你说过那些话。"

"不，我不记得说过。什么好吃的东西，这种话，我不记得我说过。"

当初审讯的日子距今已有三十多年。或许说的人已经忘却，但听的人却将彼时那种饥饿感同悔恨一起刻进了身体里。谷口透过老花镜看着手上的笔记继续说：

"然后，你说我是在七月二十日以后坦白招供的，是吧？"

田中端起身子，回答道：

"是的。"

"我不记得我做过这种事。然后，你还说，把纸和铅笔递到我面前，让我写招供的内容。而且我是主动写的。我可不记得自己干过这种事。"

"那就奇怪了。"

"为什么？"

"你不是写了吗？"

"我如果写了，为什么没有在公审中出示呢？所以根本就没写，不是吗？"

"就因为没出示，你才这么说的吧！"

"不是，是因为没写过，所以才没办法出示。"

"不不不，你写过，这是事实，没错。我刚才说的原委，还有从昨天到今天说的那些事实都是肯定的。如果你现在就口头上说自己没写过，那我也没办法。"

"不，我所说的都是出于良心。"

田中稍微挺了挺胸脯说：

"我也是凭良心说的。我的这份良心不输你的良心。"

"但是，昨天和今天的证词，怎么说呢，我觉得好像不太有良心。"

谷口显得有些无奈，声音里略带嘲讽。

"请允许我就此结束。"

谷口望着审判长。尽管如此，田中仍在继续嘟囔着。

"不是，我全都是凭良心说的。"

审判长对谷口说道：

"辛苦了。如果有什么想问的，请尽管问清楚。这很可能是最后一次了。"

他的意思好像在说，你以后很可能再也见不到田中了，所以不要客气。

"嗯。"

谷口恭恭敬敬地鞠了一躬。

此后，大约过了两周，谷口给哥哥阿勉写了一封信。他觉得自己出狱似乎是可以实现的了。

● 致哥哥阿勉的信（一九八一年三月二十四日）

话说，长年被掩埋起来的"财田川事件"，托大家的福，现在已经是广为人知了。《财田川黑暗审判》一书也已经出版了第五、第六版了。自（昭和）五十六年三月十四日，检察院的即时抗告被驳回之后，似乎就更畅销了。据加藤（弘）先生的来信说，这本书的续编预计会在近期出版，我相信一定会有更多的人边点头赞同边把它读下来，然后感铭肺腑。

《花花公子》(*Play Boy*)的六月号刊载了镰田先生以"从死刑台生还"为题撰写的"财田川事件"，在报纸上登了广告。我还以为是什么外国电影的片名，仔细一看并非如此，而是写的我的事。

　　从十九岁开始，我就因为莫须有的罪名，被卷入了权力的洪流中，甚至于差点就成了刑场上那稍纵即逝的露水。从死神面前回来，我正迈着坚实的步伐走向自由的大地，这是多么令人震惊的事情。那一天正在一点点临近。请大家一起期待我的出狱吧！

　　祝大家身体健康，每天都能工作顺利。代我向嫂嫂阿栞，以及各位亲朋问好。

　　合掌

　　"健康状况没有问题吧？"

　　审判长这样问道。身材矮小但体格健壮的原副警部宫胁丰面向审判长深深地点了点头，但声音却没有传到旁听席上。

　　一九八二（昭和五十七）年一月十九日。第八次公审。这一天的证人是宫胁丰。事件当时，三丰地区警署署长藤野寅市盛赞他，"案件得以破获的功臣就是高濑副警部派出所的宫胁副警部，这是他敏锐直觉和不懈努力的结晶"。诬陷谷口的正是宫胁和中村正成检察官。中村死后，宫胁就成了能够了解审讯情况的最重要人物。

　　宫胁调职香川县南部的警署，于一九六三（昭和三十八）年四月在琴平警署副署长的位置上迎来退休，最后的级别是警视[①]。之后的十六年里，他一直担任驾驶员学校的教员。现在已经七十一岁的他在高松市的郊外，和妻子一起耕种着农田，还有孙子陪伴，过得悠然自在。

[①] 日本警察级别的第六级，相当于公安分局副局长。

"高濑派出所里,到底都能拘押一些什么人?"

首先,矢野律师追问道。宫胁把椅子往前拉了一点,端坐好身子回答道:

"我是刑事犯罪的追捕人员,而且又担任主任一职,所以主要拘押的就是一些需要审问的嫌疑人。"

"那就是只要想审问,就能拘押?!"

"我不太明白这个问题的意思。"

宫胁证人反驳道,他似乎有点恢复了以前从容的状态,律师席上邻座的律师北山六郎主辩护人站起来,快速地代替矢野解释道:

"就是问你,高濑派出所里,不管辖区内外,谁都能拘押吗?"

"这个嘛,我认为,只要有署长的命令,即便是高濑派出所以外的人员也可以拘押。"

矢野辩护人有意反击他的回答,继续说道:

"根据是什么?有吗?有的话,请说一下。"

证人沉默了。

"谷口跟高濑派出所没有任何关系,你一直拘押着他的依据是什么?"

矢野一再声讨。

宫胁证人长时间保持沉默。

矢野不耐烦地重复道:

"依据什么?!"

"这一点恕我学习不到位,我理解的就是只要有署长的命令就可以做,所以请您去问一下藤野署长。我在这里解释不清。我认为可以拘押。警察队长下达了指挥命令,我觉得就能扣押在高濑进行审讯。"

"有那样的法律吗？"

矢野瞪着证人，咬住这个问题不放。

宫胁有意回避说话不便的矢野律师的提问。

"这一点，关于法律上的依据，我还不太清楚，等我问了总部长，明天再回答您这个问题。恕我不能现场马上给出答复。"

"在拘留所里，随便什么时候都能提来审讯吗？"

谷口因抢劫伤人案被逮捕，已经被判了刑，正在服役过程中，却被转押至辖区外的临时监狱，即派出所的拘留所。矢野律师想要追究长期持续拘押审讯的非法性。比起询问的内容，证人宫胁对于矢野律师僵硬的舌头、不时发出的怪声，以及他提问的方式更感到束手无策。

"如果是管辖权以外的事，那肯定是做不到，但是只要在管辖权之内应该就可以。"

"根据是？"

"只要是三丰地区警署管辖范围内的人员，这个人要关在哪儿，在哪儿审讯，都属于三丰地区警署署长藤野寅市警视的权限。并不是我擅自把他押来，随便拘押在高濑的。说白了，你就不要再刨根问底了。"

"你拷问过谷口吗？"

"那种事完全没有。我可以非常肯定地说。"

宫胁抬高嗓门，粗暴地答道。

"谷口说他被拷问过，那谷口的供述就是假的了？"

"审讯时我有没有拷问过，就算是其他人从客观的角度说我没做过，我想您也不会相信的，所以您可以去问一下别人，我是怎么调查案件的，或者当时我是怎么审问的。我反正完全不记得拷问过他。"

"你有没有拷问他至失去知觉,乃至精神失常的情况?没有吗?"

"没有。"

"谷口说有这种事,他是在说谎吗?"

"是在说谎。"

矢野律师将目光投向了被告席上的谷口。他就在证人席后面不到两米的地方。

"谷口,正如他刚才说的那样,你怎么看?"

矢野让谷口发言。谷口站起身来,一动不动。

"是,有这样的事实。"

他平静地答道。

在矢野的提问中涉及了他对那多达五份的"手记"所持有的疑惑。

"我认为你肯定是伪造了谷口的供述笔录,你怎么看?"

"像这种认为是伪造的提问本身就是错误的吧?肯定不能说那是伪造!"

"你为了调查普通的事件,也像这样把手记、谎言写上好几遍吗?这不是伪造是什么?"

"我没有必要回答这个问题。因为绝对没有那回事。我不会回答说这些话的人。我清楚跟你说,就算你说是伪造的,但根本就不可能伪造。也就是说,读给他听了之后让他签字盖章的。我要是伪造一份书面文件,让他在上面签字画押,谷口也不是那个性格呀!还请您明断。因为您是辩护律师,所以才会完全相信谷口说的。可是,相信这样的话本身就是个错误。"

宫胁用证人台的水壶往杯子里倒了些水，跺着脚，一股脑儿喝了下去。

"你根据哪儿就说它是伪造的？"

法警来到证人席前，向他出示了一九五〇（昭和二十五）年七月二十六日的"第一次供述笔录"。

"这肯定是我写的。但是，记录的是谷口所说的内容，并不是我随便写下来的。"

"是在哪里写的？"

"高濑副警部派出所的宿舍里。"

身材瘦小的矢野律师叹了口气，望着宫胁证人不可思议地说道：

"在宿舍里，能进行这种审讯吗？"

"刑警室和审讯室，当时夏天很热，人来了也审不了，所以我就想着找个安静的环境更好一些，就选择了宿舍，我是打算安静地听他讲的。"

"安静不安静是另外的问题，我就说，法律规定了那里是应该办公的地点吗？"

"跟其他政府机关不同，警局呢，不知道什么时候就会发生些突发事件，所以所长的宿舍就在警局后面，是在同一个大院里。

"这种体制就是一旦发生了什么紧急情况，就能马上出动，所以我认为能这样做，也允许这样做。本来呢，的确应该在审讯室或刑警室之类的地方进行的，但我也是站在对方的立场上考虑，在环境好点的地方审问总归会好点吧！怎么说呢，也是出于同情，觉得说不定就能让他主动坦白呢？并不是为了伪造这些资料，才想要在宿舍审讯的。您这种带有偏见的提问，让我感到很意外。"

"谷口写出来好多篇手记吧？"

"是。"

"谷口有好几篇手记，那你给谷口看过那些你说是他写出来的东西吗？"

宫胁的回答让人没听明白。

"没有把具体内容读给他听过吗？"

宫胁敲着证人台。在那之前，他就曾多次在证人台上用手掌侧面剁着桌子。或许是审讯时敲桌子的习惯换了一种形式被保留下来了。

坐在我旁边的弟弟阿孝嘟囔着：

"还是跟以前一模一样！"

他想起了三十二年前作为知情人被传唤时，宫胁一边敲打着桌子一边跟他怒吼的那一天。

"那是刚写完的时候，给他看了一下是不是照那样写的，有没有错，然后写上日期，让他签字、画押、盖章。实际上，我印象中是并没有把具体内容读给他听。不过，这确实是他本人亲笔歪歪扭扭写出来的，就算不读给他听，既然是自己写的，就应该记得。最后，就算你说这是我写的，只要是签了名不就可以了吗？有法律说必须要读给他听吗？"

"当然有！"

"我也读给他听过，但是不确定我全部都读过。"

"你说你给谷口读过，什么时候读的？"

"手记有五篇呢！你要问是那五篇手记里的哪一篇在哪里读的，未免太强人所难了吧！我记不清了。毕竟是三十二年前的事情了，这个问题本身就不合理！问的是什么玩意儿！"

浅黑色四方脸的宫胁冲着矢野露着牙齿嘲笑道。这时，他突然又意识到了什么似的，故意抬高了嗓门：

"哈哈。辩护人，您是以谷口没写过手记为前提来提问的吗？这谣言简直疯了吧！听的人都会觉得可笑，辩护人可真不愧是辩护人呀……"

坐在矢野律师后面的年轻律师冈部肯定是忍无可忍了，于是站起身来，提醒宫胁注意：

"证人，请你安静地回答问题，没必要在那儿闲着说教。"

最后，矢野律师询问了宫胁的心境。

"'财田川事件'发生至今已经过去三十多年了，一直这样悬而未决，没有了结，对于这个状态，你怎么看？"

就这个问题，宫胁展开了长篇大论的回答。

"即使过了三十二年也还是悬而未决，这种事是有可能的。'帝银事件'①里的平泽贞通到现在不也还没有定论。那个案子可比谷口犯案的（昭和）二十五年还早，就算（平泽）已经八十多岁了，不也还没有明确，还没执行绞刑呢！

"这种事，怎么说呢，法务大臣不给敲死刑执行的印章，不盖印，可能就是考虑到缺乏决定性证据，我虽然不知道法务大臣是怎么想的，但是我觉得正因为有这样的顾虑，才没有决定执行死刑，结果就会成这样了。

"因此，三十二年来一直悬而未决的案子，最终也找不到决定性的证据，比如说那把切生鱼片的刀子，这就给需要做出相

---

① 1948年1月26日，发生于日本东京都丰岛区帝国银行椎名町支行的一起银行抢劫案，案件中凶手以投毒的方式造成12人死亡。同年8月21日，平泽贞通作为犯罪嫌疑人被警方逮捕，东京地方法院于1950年7月24日判决平泽贞通谋杀罪名成立，处以死刑。但平泽一直主张自己是无辜的，先后向日本最高法院提出过18次重审申请，但直至1987年老死狱中，也未能洗脱罪名。

从死刑台生还　　149

关方面决定的人带来了很大的影响。

"但是，要说我现在的心情，我认为谷口就是犯人，百分之百的没错，他百分之百就是犯人。因为，从我进行调查开始一直到送交供述书为止，全部都是客观的，所谓实际的证据，证实了这些黑暗面。找不到任何证据能证明他没干过。

"还有一点就是，案件本身非常残忍，这并不是其他人能干得出来的罪行。一般人肯定都这么认为。我建议你去对财田上及其附近的人做一个问卷调查。

"你可以做一个问卷调查，问谷口是不是犯人，或者问问大家愿不愿意让他回归社会。你不是好像有不少支援团嘛，就这方面搞一个就好了。不过，既然被问到我现在是怎么想的，作为逮捕他的人，我猜想已经确定是犯人但又不能执行死刑，原因在于没能提供足以让法务大臣认可的决定性证据吧！"

矢野律师焦急地听着，使劲挥动那只健康的左手。

这似乎是在表示抗议，或者是觉得"已经够了"，想要制止他的意思。宫胁这才停下来不再说了。

"财田川事件"的翌年，一九五一（昭和二十六）年八月十八日，香川县绫歌郡府中村发生了一起杀妻事件。丈夫池内音市以涉嫌违反粮食管理法为由被另案逮捕，不久就坦白了罪行。尽管他甚至连承认犯罪的手记都写好了，可就在三个月过后，真凶竟然出现了。

在上一次公审时，猪崎律师问过证人田中晟是否参与了上述案件的侦查工作。田中表示在那之前，自己已经因为"财田川事件"的"侦查工作竭尽所能、耗尽心力了"，当场否认了这一点。

但是，被田中逼着写下供述和手记的画面还历历在目的池内音市提交了请愿书，要求和田中"在法庭上进行对质，以查明真相"。

此后，善通寺市的四国学院大学的师生们和市民一起组成的"财田川审判支援团"于一九八二（昭和五十七）年一月十八日，以"伪证罪"向高松地检告发了田中证人。结果便是检方证人被告发到了检察厅。

当时的侦查人员就是这样，在法庭上随意翻供、假装糊涂，甚至是公然撒谎。

尽管如此，谷口繁义始终以平静的表情关注着审判的进行。他的平静，说明了他并不是被审判的对象，而今他是站在了审判的一方。就算是面对经常见面的本地律师猪崎，他也从来没有问过"什么时候我才能出狱"之类的问题。

在狱中的谷口，是国家犯罪的活证人，现在，他虽然坐在法官对面的被告席上，但那里俨然已经变成了审判的席位。

听取宫胁丰的证言共计花了长达六天的时间，一九八一（昭和五十六）年十二月有两天是检方询问，而辩方的交叉询问在一九八二年一月和二月用了四天才完成。在一个证人身上花了六天时间，正说明他是让谷口供认的一个重要人物。

检方提出"因证人患有严重的心肌障碍，希望能够每隔一个小时就让他稍事休息"的要求以进行防卫。因此，每当辩方律师追问得激烈时，检方就会要求休息。就这样，公审经常以时断时续的形式推进。

一九八二年一月二十日的第九次公审中，辩护团团长北山六郎这样问道：

从死刑台生还　　151

"你上次说过,让他写手记是出于保证供认的自愿性的想法,你觉得让他写手记来记录真实的情况更好,才让他写的,对吗?"

"是的。"

"那样的话,我认为你当时必然会联系负责调查当事人的检察官,甚至是给他们看看手记,抑或是交给他们才对。但是你既没给他们看,也没解释过,原因是什么?按照我们的常识来看,好像有点费解。"

"嗯,是吧。但那也不一定。其实早先,我确实是去送交过,但是检察官也已经开始调查。怎么说呢,检察官调查的时候,我在一旁多嘴,也有点不太合适。所以,这个事,也就没怎么插手……"

或许是因为中村检察官已经去世,死无对证,宫胁才将错就错。

"也就是说你记不清了,是吗?"

"是。"

"所以我才问你,就像刚才说的那样,为了保证供述的自愿性,只有让当事人自由地按照自己的想法来写,对审讯的人来说才能成为非常重要的资料。"

"是。"

"所以,用不着考虑,给检察官们看是必然的,或许没给他们看的这种认识本身就让人觉得很费解。"

宫胁沉默了。古市清审判长在审判长席上说道:

"抱歉,我插一句。送检后完成的那些文件,一般不都是要补交上来吗?"

"是的。确实是要补交的。"

"所以，这次送检后写的供述笔录还有手记，是不是已经补交了？"

"是的，已经补交了。"

北山律师继续询问：

"我现在问的是，在手记写好之后的转天或是不久之后，完成了检方的讯问笔录，是吧？而且讯问地点同样是高濑派出所，检察官审讯完毕之后完成了检方讯问笔录，是吧？"

"嗯，这个嘛，我不清楚的。"

"这样的话，当然要在手记完成之后马上就给检察官看了，或者是说明一下。"

"哦，这个，我不知道。"

"是或许做了的意思吗？"

"对。具体不太清楚。"

"怀疑谷口的理由之一就是你提到的作案手法，比如当时你认识的泷下夏家里的那六斗米，盗窃香川一万日元的事，还有中家菊枝（入室盗窃未遂事件），其次就是农业合作社事件，这四起案件都是二人合谋作案，都是两个人一起犯下的事件，他们是共犯。"

"是的。"

"这样的话，根据你现在的想法，就只有这起事件是谷口单独作案的，是这样想的吗？"

"是。"

嫌疑犯若是能主动完成、提交记录犯罪详细情况的手记并签名画押的话，侦查人员得高兴得跳起来，肯定会拿给审讯的检察官看。然而，宫胁却完全没有这个印象。这一点让人怀疑，或者是根本就不存在写手记的事，或者是他有什么不愿想起的事情，有意想要忘掉。

矢野律师从担任法官时起，就一直主张手记系侦查官伪造。而且，哪怕是从宫胁等人引以为豪的"直觉和手法"来看，谷口之前的作案手段跟这个案件也有着明显的不同。

关于存在问题的手记，冈部保男律师当天也进行了追问。当时任高濑派出所所长的宫胁让看守们一一报告谷口在拘留所里的动静。然而，对于比哼唱小曲、嘟嘟囔囔自言自语之类更重要的活动——撰写手记——却没有任何报告。

冈部律师这样提问道：

"嗯，你确定你的指示是'（谷口）在日常生活中如果稍微有点言行异常，就马上报告'，是吧？"

"是。"

"那么看一下这个，关于在拘留所里撰写手记的事情，无论在哪份报告书里都没有提及一句，这是为什么？"

宫胁沉默着。

"写手记这种事，和通常的言行有着明显的不同，而且与罪行之间存在着非常密切的关系。为什么没有任何记录呢？"

"关于手记的事，我没指示他们要报告写的情况。"

"你是指示过他们，手记的事可以不写进报告吗？"

宫胁还是保持沉默。冈部律师大声追问：

"你是指示过还是没有？"

宫胁哼哼叽叽地回答道：

"我没说让，也没说不让。"

"为什么没有记载？关于那些手记，为什么没有指示他们要记录下来！这一点让人非常不解。"

宫胁沉默了许久。一直以来，每次触及重要问题时，他总是缄口不语。在冤案审理中，侦查人员变身成被告而辩护律师逆袭成了检察官的情形时有发生。谷口始终在默默地关注着他们的对话，不禁让人感觉像是有两个法官存在似的。

通过辩护律师对证人宫胁长达四天的交叉询问，逐渐暴露出当时调查工作的疏漏。主张谷口就是真凶的检察官们面对己方身患心脏病的证人被步步紧逼的情况，束手无策。一天下来，能喊上一句"反对！"的防守战，不过一两次。

谷口繁义坚持主张自己从案发当天的一九五〇（昭和二十五）年二月二十七日深夜到次日（二十八日）清晨，一直在家睡觉。其弟弟阿孝也能证明自己与他"一起在被窝里睡觉"。

当时恰逢旧历新年，祖母中林浜还从冈山赶了过来，就在案发当天。兄弟俩对此印象深刻。

古高健司律师抓住这一点，继续发问：

"在侦查阶段，你是否对谷口的父亲菊太郎就不在场证明进行过调查？"

"没有。"

"他母亲由香呢？"

"也没有。"

"这么说来，你就是不知道他父母关于不在场证明是怎么说的了？他们是说自己的儿子当晚一直睡着了，还是半夜去过什么地方，你完全不清楚，对吗？"

"这个我记不太清了。"

"其他人做的警方笔录，他父母的供述记录，你看过吗？"

"这个我也不清楚了。"

"这样的话,'因为是家人,所以不可信'的结论是从哪里冒出的呢?"

"你既然提到结论了,那父母、兄弟姐妹这些人,如果说自己的哪个亲人被怀疑犯了罪,对于这些被怀疑的事,为之隐瞒、不以实情相告也是人之常情。大家完全都认同这一点,点着头说有道理,当然不可能主动告发犯罪的人。"

"那样的话,他父母是怎么说的,其他警察——或者说你——是自己直接猜的吗?在得出结论之前,难道不应该去调查一下他们会怎样辩解,那些辩解是真是假吗?凭你一个人独断,那可不妙!你毕竟是个侦查人员。"

"是的。"

"你做过这方面的努力吗?"

"首先,我找过市田山副警部,问过他案发当晚是个什么情况之类的。"

"你是说,你问过市田山,是吧?"

"也可能是三谷,到底是谁,我记不清了。"

"是谁倒无所谓,但是他们的观点难道不是谷口有不在场证明吗?"

"是,据说是有。"

"之前的结论就是这样的,是吧?"

"是的。"

"那你为什么不尊重这样的结论呢?"

"所谓有不在场证明,不是第三者的证言,而是他家里人提供的证词,我对此抱以怀疑。"

证人宫胁好像忘了,他曾经把谷口的父母菊太郎和由香传唤到自己掌管的高濑派出所，逼问他们儿子的不在场证明，直到深夜。弟弟阿孝不安地等待着夜深未归的父母。两人借着星星的亮光翻山越岭，疲惫不堪地走到家，已经过了半夜十二点。自那之后直到去世，由香一直说："我忘不了宫胁那副嘴脸。"

就算家人作证谷口有不在场证明，宫胁还是没有松口。要说为什么，那就是因为他们是犯人的家属。是宫胁，打开了完全陷入僵局的侦查。他只是一味地责难谷口，获取到他承认罪行的"手记"。

一九八二（昭和五十七）年二月九日的第十次公审中，通过辩护人上野登子的追问，表明事实上作为犯罪"动机"的欠款，绝非清还不起的额度，而对于谷口用抢劫来的金钱在酒馆和妓院消费的证言，店家的主人也都完全没有印象，那些只是通过单方面的诱导而被记录在笔录中的内容。

上野是辩护团里唯一的女性。她擅于根据当时的调查资料，查找出细微的事实上的矛盾之处，并加以巩固。

"你是否曾经比对过从谷口那里没收的鞋子和现场留下的脚印？"

上野律师发问道。宫胁说，没有比对过。

那双鞋子"我根本就没见过"。

他这样答道。这是凭侦查常识无法想象的。对警方不利的证据就这样直接被放弃了。

古高律师表示：

"从现场情况来看，你有没有考虑过，犯人的动机并不是偷东西，而是由女人引发的仇恨？"

"没有深入探讨过。"

宫胁答道。因为脚印的步幅很小，辩护团似乎不能排除女性犯人的主张。

根据谷口的供述，在用刀捅死被害人香川重雄后，他提到："如果他再活过来就麻烦了，所以我想要捅向他的心脏，于是骑在香川的肚子上，撩起他的棉褂和坎肩，让他露出胸膛。"紧接着，冈田忠典律师指着案发现场的勘查照片，对宫胁进行了询问。

"被害人最外层穿着的是什么？"

"是一件棉的短袄吧。"

"请看一下被害人衣服的前面部分。应该是系着扣子吧！"

"是。"

"你没有注意到这一点吗？在现场勘查的时候，或是看到这张照片的时候。"

"没注意。"

"你不觉得奇怪吗？谷口在捅向死者胸部的时候，为什么要捅？所谓'捅了两次'，当时他是在一种什么样的状态下捅的？"

"说是用左手把穿着的棉袄扯开捅下去的。"

"他说过这些？跨在死者身上，扯开衣服，捅下去的？简单地说，他是不是说过这些？"

"是，他就是这么说的。"

"那，为什么扣子还都是系着的？"

宫胁站起身，盯着证人台上的照片，无言以对。

"这个……"

除此之外，他一句话也说不出来。过了一会儿，他才回过神来，发牢骚似的说道：

"就算是系着扣子了，下面也有可能没系呀！所以在捅下去的时候,也是可以把它掀起来的嘛。"

"你试试,你穿的不就是带扣子的上衣吗,看行不行?"

"所以,掀起来不就能捅下去了嘛。"

"请看一下扣子。像是要从左右两边扯开了吧!下面穿得厚实,扣子就跟要扯开似的。他穿的应该还不像你这么宽松吧!"

"这个就是紧靠上面的一个扣子,要是往上掀,我觉得还是能掀起来的。"

"请看一下第三十二张(第一一七号)照片。下面是不是也有两三个扣子?最上面的扣子和第二个之间有些间隔,是吧?并没有从左右撕扯的感觉,是吧!"

总之,套在身上已经撑起来的坎肩上的扣子,就算往上掀也是既没有解开也没有脱落,更不像是解开扣子,掀开上衣捅杀的。冈田律师问道,扣子为什么会保持原封不动?检察官们也聚到证人台上。

"这就奇怪了。"

宫胁下意识地叫出声来。冈田紧接着质问道:

"你没有研究过这个吧!现在才发现奇怪?"

宫胁哑口无言,呆呆地站在那里。

"那好!"

冈田没再追问,而是换了一个问题。那一刻,谷口的供词完全同检方的证物照片相互矛盾。

此外,在谷口的供述中还提到,犯罪后,因看到被害人的脸而感到恐惧,于是在上面盖上了一张报纸。但是,依照闯入现场的正村定一的说法,"被害人的眼睛瞪得就像是要蹦出来似的,吓得我立马就跑出来了"。

警官们进入案发现场时,被害人脸上是盖着报纸的。报纸究竟是谁盖到香川脸上的,这一点至今还是一个谜。但是,宫胁在不知不觉间竟深信这是犯人所为。因此,在谷口的供述中也就成了"自己盖上去"的。冈田指出早期发现人的证言和谷口的供述之间存在矛盾。

"我们是不是可以认为,一开始根本就没有盖报纸呢?"
冈田追问道。宫胁毫无自信地小声回答:
"那我也说不准。"
显然宫胁在参与侦查时,连资料都没有好好地研究过。
现场留下的足迹和谷口鞋子的尺码也不相符。
"这一点你怎么看?"
"有点忘了。"
宫胁的回答,惹得旁听席不禁失笑。这个问题不是一句"忘了"就能解决的。
"今天不行了。"
宫胁不断地发牢骚,开始借口自己身体不适。

"那么,被告人。"
审判长让被告席上的谷口发言。
谷口站起来,他仿佛已经等待了很久。
"我想问一下宫胁先生。"
他用柔和的声音开口说道。
"您在高濑副警部派出所调查此案时,经常去财田的侦查总部,是吧?"
"是。"
"那时候,您走的是哪条路?"
"是哪条路……从高濑一直走,经过胜间,上了二宫通过麻村，然后，后面的路是怎么走的，我记不清了，但好像是这条路线。"

"然后，就是从神田通往财田的县道了。"

"神田？"

"从麻村到神田，然后才是财田。"

"对对对，是那条线。因为那样近嘛！"

"要是那样的话，就会经过我父母家后面的县道。"

"等一下。经过你家后面的县道是……"

宫胁猜不透谷口的问题到底想要引出什么，为此感到困惑不已。

"不是会过一座政宗桥吗？"

"……政宗桥……"

"如果不走我父母家后面的那条县道，根本就到不了侦查总部，你有印象吗？"

"你父母家，我现在虽然记不清了，但要说不走它后面的那条县道就到不了……这就奇怪了……我跟审判长越智法官还是谁一起去的时候，到过你家门口。之后可以说就一直没去过。除此之外，你家在哪里，朝哪个方向，具体怎样，我都不太记得了。"

"从侦查总部回来时，你顺便去过我家吧？总共几次？"

"……这个嘛，也没印象了。"

谷口自顾自地继续提问：

"那时候，你不是跟我说：'明天我要经过你家，有什么口信要捎？'于是，我就恳求你，帮我拿些大米过来。然后，你还回答我说：'我去帮你拿。'于是你去了我家，拿了五升米和一些钱回来，不是吗？而且你还在我的牢房门口说：'大米拿来啦，这就叫小伙计给你做上。'让我特别高兴。这些，你还记得吧？"

"没这个印象。"

"那时，我那副开心的笑容，至今，你应该还能回想起来吧！"

"……想不起来了。我会为这些，跑去你家？！"

"你不是驮在自行车上带回来的吗？"

"我想不起来去拿大米和钱的事，是不是你搞错了？"

"不不，不会弄错。我记忆得很清楚，特别清楚。"

"……"

"你觉得，我为什么老喊肚子饿？"

"那是因为机关的盒饭量不够，你又年轻，血气方刚的，很有精神，那点量肯定吃不饱吧。当时，我是这么觉得的。"

"除此之外，还有别的原因吧？"

"除此之外，那我就想不出来了。"

"我呢，是被削减了伙食，所以才跟你反映肚子饿的。"

宫胁沉默了。谷口换了一个问题。

"这个问题就算了。接下来，我要说一下被害人的左胸部，也就是所谓'捅了两次'的这一点。我想，三月一日解剖之后马上就能知道结果：凶器到底是什么、究竟是怎样致伤的。很难想象你是在对此一无所知的情况下，对本案和我展开调查的。你怎么解释？

"我是后来才听说的，凶器前端锋利，单面开刃。在现场根本就没听说过。主要伤口有三十多处，死因是大出血，也就是所谓的窒息死。不过，这些也不是那天听到的，而是转天，二号那天才听说的。

"在做笔录时，就'捅了两次'这一点，你是不是说过'你这家伙捅了两次吧'，进行诱导性的审讯？"

"简直一派胡言，净拣着对自己有利的说，我完全不记得那样诱导过你！"

"我没胡说。事实上确实是诱导了。而且，我从来都没有招过什么供，也没认过罪。是你，擅自伪造记录说我招供了！不是吗？"

"你竟然说那些记录是假的！你不是读完、认可了，才签字画押的吗？你反省一下自己！一派谎言，衣服的事也是在撒谎。"

古高律师站起来：

"审判长，我有异议。希望法庭制止证人不回答还诋毁当事人的行为。"

谷口的询问重新继续。

"在那之后，你给藤野署长打过电话，对吧？你说过，你打了，对吧？关于'捅了两次'的那一点。你不是问过藤野署长吗？"

"我是问过总署。"

"然后，在本次法庭上，你是不是和田中警部、广田巡查部长统一好了口径，说你们在鉴定书下达之前对捅了两次的事实毫无所知，对吧？"

"关于'捅了两次'的问题统一口径……你是从哪儿听来的！"

"嗯，不是你在法庭上冠冕堂皇地陈述的吗？是吧？"

"'捅了两次'的这个事，是你说了我才知道的。"

"不，我不可能说那种话。"

"说了！"

"我不是本案的真凶，怎么可能说？"

"哼，你扪心自问，好好想想！"

从死刑台生还　163

"扪心自问，我也没说过那样的话。"

"……"

"然后，审讯终于结束了。第二天，我就要从高濑副警部派出所被转押到丸龟看守所时，你把我带到了那间所长室。你还记得吗？"

"不记得。"

"你忘记了吗？"

"是。"

"那个时候，你对我说：'明天终于要转押到丸龟看守所了，你也十九了，还很年轻，在法庭上就照着笔录那样说！这样，你到我这个年纪之前也就能出来了。'还记得吗？"

"我没有说过。"

"那个时候，你不是还说着'咱们握个手吧'，要跟我握手。"

"这些，我也都没有印象。"

"这些事应该留下了鲜明的记忆呀！"

"因为这些都是你编出来的，我可一点都不记得自己做过那种事。"

"当时你还通过营巡查部长，给了我一张一百日元的纸币，当时的一百日元纸币上好像还是圣德太子了，你应该还记得吧？"

"没有，我没有理由给你钱呀！而且我的生活也没那么富裕。所以，这些完全都是你瞎编的。"

"不，是有的。这些绝对不是编出来的。"

"不，我没给过。"

"为此，我还跟营巡查部长说，代我谢谢宫胁主任。我要是没从你那儿拿，也不可能说我拿过呀，不是吗？"

审判长插话道：

"关于这一点双方各执一词。"

谷口换了一个问题。

"其次，在你做笔录时，我曾经恳求过你说，这一点错了，请你把它删掉。对吧？"

"关于这一点，你压根儿就没有求过我。我做笔录的方法就是把你说的话迅速地都记下来，是简短地记录，不是长篇大论，是把你快速说的那些简单迅速地记下。不是你说自己说的有误就能改的。所以，我不记得在读给你听的时候，你说过'这里记错了'。"

"请你向天地神明起誓，是在诚实地回答。"

谷口像在开导似的说道。宫胁又把这句话甩了回去：

"这句话应该是我说的。是我得跟你说，请你向天地神明起誓，老实交代。"

谷口仿佛有些束手无策：

"你这样说能得到救赎吗？"

"诶？"

宫胁反问道。他应该完全没有预料到会听到这句话。谷口又重复了一遍：

"你说这些话，能得到救赎吗？"

在大阪看守所一度送走众多死刑犯，从被处决的恐惧中逃脱出来的这个男子，他的声音仿佛响彻了全场。

"谨慎起见，我来问两三个问题。"

古市审判长开始对宫胁进行询问。

"证人想必也累了吧，就请简单地回答一下。"

古市审判长就现场的足迹不是像供述的那样大踏步走的，而且同谷口的鞋子并不一致，以及他是什么时候看到写有"两

从死刑台生还

次捅伤"的鉴定书等等情况，对宫胁进行了询问。对于"只有犯人才能知道"的两次捅伤的事实，审判长怀疑宫胁应该是事先知道的，于是便执拗地追问。宫胁垂下肩，弯着背，开始变得语无伦次。在谈及手记的不自然之处后，审判长面向宫胁说道：

"你忍着病痛前来作证，辛苦了。请回去静养吧。"

"谢谢。"

宫胁哽咽着说道，随即深深地鞠了一躬。然后，一边从证人席蹒跚着走向出口，一边用双手捂住了脸。不知道那究竟是获得解放的喜悦的泪水，还是为自己的丑陋而流下的悔恨的泪水，抑或仅仅是为了博得法官们的同情。

矢野律师站起来，指着检察官的位置，言辞激烈地逼问，对谷口的死刑判决至今仍有效吗？如果有效为什么不执行？有效的理由又是什么？"谷口犯人说"的论据被彻底推翻，为什么谷口还必须被关押着呢？这一点对于任何人来说都是无法理解的。

审判长有意打断他的讲话，于是宣布下次将传讯藤野寅市署长，结束了庭审。

自一九八一（昭和五十六）年九月下旬起，重审公审以每个月两次的速度推进，但与其说是检方反复提请的证人在证明犯罪事实同被告人之间的关联性，莫不如说是在现场力证了侦查工作本身的混乱。

三月和四月的公审，我未能旁听。时隔三个月，当我再次走进法庭时，发现旁听席上的空位明显增多。人员似乎也相对固定下来。

一九八二年五月二十五、二十六日两天，作为检方证人出庭的是事发当时在国家地方警察（国警）香川县总部刑事部鉴定科供职的村尾顺一（59岁）。

那起案件之后，他一直在鉴定领域发展，即便是退休后的今天，仍继续干着县警鉴定科顾问的工作。这次询问的核心问题就是关于谷口繁义在案发当时穿的那双"黑色皮短靴"的鉴定情况。

案发当时，现场留下了四个带有血迹的足印。其中，印迹最为清晰的一个从榻榻米上被裁剪下来，严格地保管在了鉴定科里。不用多说，因为这是指认犯人最为重要的证据。

谷口繁义供认罪行是在被捕四个月之后的七月下旬，那双鞋子是在八月上旬被扣押的。之所以扣押迟了，是因为谷口的家人为了包庇他，将鞋子埋到田里。这一行为似乎也成为了加深对谷口怀疑的一个要因。关于鞋子和足印的对照结果，村尾顺一于一九七九（昭和五十四）年十一月，在高松高检做出了如下供述。

> 上述警署（国警三丰地区署）的三四位侦查人员拿着一双黑色皮短靴突然进来了。
>
> 具体都是谁我不太清楚，但是印象中好像有广田先生。
>
> 然后，他们让我把前面提到的那块带有血迹足印的榻榻米席子拿出来，我便取了出来。侦查人员要把鞋子放在上面，我就说了一句"不能直接放上去"，于是他们就稍微悬浮在上面试了一下。这个血迹足印没有脚后跟的部分，只有前面。
>
> 虽然不是非常明确，但形状上大体吻合，侦查人员也说：

"吻合呀！"

"这下再查的时候，就有谱儿了！"

在这次检察官的询问中，证人村尾自然也是给出了同样的证词。

过了一个小时左右，侦查人员们就大摇大摆地打道回府了。当时，他们不光把拎来的那双鞋子带走了，连同保管在库里的那块带有血迹足印的榻榻米席子也带走了。

但不可思议的是，那双黑色皮短靴并没有作为证物提交给法院，而是最终消失了，至今仍然下落不明。

那双鞋子被拿走之后，被送到了冈山大学医学部法医学研究室，由远藤中节教授鉴定。但不论是鲁米诺反应还是联苯胺反应都是阴性。《远藤鉴定书》（一九五〇年八月二十六日）中写道："并非人血，甚至是否沾有血液都值得怀疑。"由此，说明这双鞋子的丢失应该是在冈山大学将其送回之后。

鞋子被发现后，一群刑警赶来鉴定科时，村尾也通过鲁米诺、联苯胺反应检查过其是否附着血迹。一九七一（昭和四十六）年八月三日，他向县警鉴定科长提交的《村尾报告书》中，记录了以下内容。

对是否附着血迹进行了检查，但在预检验阶段均为阴性，未能检测出血迹。

关于未能检测出来的原因可以考虑以下几点：

附着在鞋底的血液，不久便会干燥成血迹。干燥所需时间与附着的血液量、当时的气温、湿度都有关系，虽然并不确定，但应该是干燥得意外迅速。

但是，在鞋底沾上血迹后，马上在田地（湿地）里走上一公里左右的话，田地的状况虽有所不同，但一般来说，血迹有可能会被物理剥离，造成绝大部分血迹消失的情况。

加之被长时间埋在土里，进一步腐蚀，也有可能造成血迹的消失。

鞋子上沾染的血液都能在榻榻米席子表面留下清晰的印迹了，竟因为走几步路或是被埋在土里而完全消除了。关于这一点，就算是外行人也会觉得不可思议。这份报告书里最让人不解的就是，本应对"有无附着血迹"进行科学鉴定的鉴定科科员，没有止步于血迹有无的判定上，在记述了"未能检测出"之后，还详细地说明了理由。

"未能检测出"是事实，其上下文中暗示了"应该附着了，只是没检测出来"的意思。从"未能检测出"这一结果，为何就能够得出"应该附着了"的结论呢？真是奇才。

在第二天的交叉询问中，冈部保男律师尖锐地指出了这一点。

"你认为鉴定科在案发当时是被当成了警察侦查队伍里的一个部门，还是拥有完全独立的立场？"

证人村尾相貌敦厚，花白的双鬓异常明显。他在回答这个问题时，较之前更加圆滑，声调也略微提高了一些：

"从外部来看好像都差不多，但要说起来，鉴定通常是在抑制侦查工作。我跟工作人员也总是强调鉴定的中立性，其间甚至还招致反对。"

"你们有没有被侦查工作牵着鼻子走过？"

"可以说，鉴定科即使被发号施令也可以抗旨不遵。"

"在你的报告书中，列举了未能检测出血迹的理由，是因为觉得不可能没附着血迹吗？"

"可以这么理解。"

"那么，为什么没有写原本就没有附着呢？"

"这种看法也是有的。我觉得这也是一个合理的主张。"

"那你的主张是以'附着了'为前提吗？"

村尾沉默了。

"这跟科学的中立性好像不沾边嘛！"

冈部再次确认。

证人村尾开始辩解：

"阴性的确是可以理想化地看作完全没有血迹附着，但是我们不能说得那么绝对。我们在进行鉴定时，一方面鉴定本身就存在误差，另一方面还要考虑到诸多条件。关于这一点，您若是不能理解……那只能说您跟我们的思维方式本就不一样……"

"这个问题可以了。"

冈部停止了这个话题，进入下一个提问。

"关于鉴定内容，你刚才提过，侦查当局不得介入，是吧？"

"是的。"

"本案中的这双鞋子，你们是如何掌握到类似'步行了一公里''被埋在田里'这些能够辅助判定的资料的？你写的是普遍经验吗？"

"是的。"村尾这样回答后，又补充了一句，"因为我并没有把其中的所有情况都列出来……"

之后他便缄口不语了。这一点就证明了他事先已经知晓有关这双鞋子的情况了，也就说明鉴定科是为了配合侦查方针而完成那份资料的。然后，村尾开始逃避自己的责任。

"他们要你汇报的是什么样的事实?"

"我就汇报了这里写的一些情况。"

旁听席上传来一阵笑声。

"他们要求你汇报什么样的事实?"

"关于事情的缘由,还请您去问一下鉴定科长,我不知道。"

广田弘巡查部长带着手下四五名侦查人员抱着刚刚扣押的鞋子,一齐拥进鉴定科,一边跟保管在那里的血迹足印比对,一边相互应和着:

"吻合呀!"

"这下再查的时候,就有谱儿了!"

几个人异常兴奋。这些是他三年前的供述书中记录的。在这次公审中,证人村尾几乎给出了相同内容的证词。冈部律师问及当时的情况。

"你当时认为两者一致吗?"

"我是在一旁看了,但并没有认真地去看是否一致。"

"你对是否一致感兴趣吗?"

"我当时就是一个旁观者,所以并没有兴趣。"

但依照当天的证词,他承认案发之后自己也直接赶往了犯罪现场,还帮忙准备遗体解剖,甚至做了解剖的观察记录。对于一起从事发当初就一直参与的案件,他竟自称是一个"旁观者",这种怠慢公职的做法得有多么可怕。何况,确认鞋子和足迹是否一致,应该是检验过程中最令人激动的瞬间。冈部律师追问道:

"你知道这个案子属于重大案件吗?"

"知道。"

"这种情况下,你肯定也知道鞋子就是关键证物吧?"

从死刑台生还

"是。"

"一旦跟实际情况完全吻合，就会成为有力的证据，这一点不论谁都明白吧？"

"是的。"

"那时候，有人主张不吻合……"

"没有。"

"要是这样的话，当初要是你们再积极一点就好了。"

一九五二（昭和二十七）年一月，谷口繁义在高松地方法院丸龟支部被判处死刑。但在判决中，那双"黑色皮短靴"却被排除在了物证之外。因为依照冈山大学远藤中节教授的鉴定书，判定上面附着的污迹为"阴性，并非来源于血液"，让它完全失去了作为物证的效力。

鞋子既然是谷口犯罪当时穿的，现场又是一片凄惨的血泊，在那里还留下了几个清晰的血迹足印，从这样一双鞋子上没有检测出血迹，那如果再有鉴定书能证明鞋子的大小也不一致，应该就能证明谷口的清白了！

可是，这双鞋子并没有作为物证提交到法庭上。非但如此，也没有被返还给它的主人，而是不知何时竟消失了。

事实上，检方的证据并没有丰富到可以随随便便就放弃这么重要的物证。被认定为凶器的那把切生鱼片的刀子最后也没有找到，还有那些被抢走的钱，用途也很模糊。死刑判决的决定性证据就只有经古畑种基鉴定过的那条带有"少到不能进行充分检验"的"血迹"的"第二十号物证"国防色裤子。

"黑色皮短靴"从发现到消失的转变，成了这个案件中最为戏剧性的桥段。

一九七二（昭和四十七）年九月，高松地方法院丸龟支部的越智传审判长驳回了重审申请，在决议书中他写下了"财田川啊，你若有灵，就请把真相告诉我吧"一行字。围绕那双"神奇的鞋子"的解释，也流露出苦闷的迹象。他这样写道：

"……正如证人宫胁丰的供述，如果尺寸稍有不同的话，肯定会把结果给申请人（谷口，引用者注）看，然后追问他穿的是不是这双，让他修改供词。而且，如果血迹足印与上述短靴明显不符，检察官肯定也会在公审法庭上讲明。关于这一点到底是虚还是实，并未阐明，而是闭口不谈，不得不说原一审检察官的态度实在有失公允。"

"……只有这双黑色皮短靴没有提交，实在令人费解。……但是，黑色皮短靴已经消失，本庭证人的证词也很模糊，如今已经无法再解开这个疑问了。"

当时担任侦查主任的宫胁丰副警部于一九七一（昭和四十六）年十月，在向县警提交的呈报书中，就鞋子的去向问题做出了解释。他表示，或许是在办公楼搬迁时将其同其他物品一起处理了，抑或是在确定死刑判决时就当成废物处理掉了。

可问题不在于短靴是什么时候处理掉的，而在于检察官的这个行为。他们竟把一个关乎被告人无罪证明的证据就这样漫不经心地埋葬在了黑暗之中。这无疑是不合理的。

一九七六（昭和五十一）年十月十二日，最高法院在重审开始决议书中这样写道：

"……关于上述鞋子，相关侦查人员在当时给出的判断存在不一致之处。一方面，有人供述说，由于上述隐匿行为导致鞋子变形、腐蚀膨胀，无法鉴定；另一方面，也有人主张，鞋子和现场的血迹足印几乎吻合，但公审进展得非常顺利，便没有作为证据提交，而由警察进行保管，后考虑到已经腐蚀，不能再作为证据，也就没有送到检察厅。此外，还有人供述说，鞋子和血迹足印的尺寸略有出入，申请人的招供是假的，所以才没有把它作为证据。

"但是，如果现场留下的那清晰的血迹足印和上述鞋子一致，不仅提高了招供的可信度，还能成为有罪判决的一个更有力的决定证据。就算鞋子腐蚀了，将其作为证据进行提交也是理所当然的。"

在这份决议中，指出谷口"被断定为抢劫杀人罪犯，未免过于草率"。有关那双鞋子的疑问，也被列为理由之一。

为了维持谷口有罪的观点而作为检方证人出庭的相关侦查人员，在辩护团的交叉询问面前纷纷哑口无言，抑或不断重复着"没印象"，撤下阵去。更有甚者，将那双黑色皮短靴——一件可谓捏造出来的逮捕证据——当作武器，意图颠覆法官的心证，简直就是无谋之举。住在高松的猪崎武典律师将其评价为"检察官的玉碎精神"。

为了保住检察机关的面子，证人们不得不不惜粉身碎骨地"战斗"到现在。就算他们曾经是检察官的"自己人"，到现在，身上也已经暗生锈迹，如今仍要背水一战。从旁听席上望着那些人的背影，令人不禁感到心痛。

第五章 反 击

攻守易位,被告人和辩护团发起进攻,而警察和检方只得一味招架,紧张的法庭剧仍在继续。

谷口繁义写给恩人矢野律师的信（一九八一年三月九日）

忍着病痛接受作者采访的矢野律师，咆哮着"夺回谷口！"

一九八二（昭和五十七）年六月十六日，第十八次公审，重审审判迎来了最为激烈的中间阶段。

上午十点开庭之前，高松地方法院前面，摄影师和记者们正在等待。很快，一辆出租车到达。身材瘦小的白川重男刚一下车，就被一群摄影师团团围住。有的报社还没准备好，便要求他重新再走一遍。这也是经常有的情况。

在这次的审判中鲜有证人被拍照摄影。证人白川虽然是当时的侦查人员，但他是接受了辩方的委托，站上证人台。这是在冤案审理中非常罕见的情况，也说明重审审判迎来了一个拐点。

当证人白川面向一排摄影机迈开脚步时，又有一辆轿车开来，示意人群避让后，靠在了地方法院的门前。矢野伊吉律师被驾驶座上的侄女搀扶着下了车。他独自行走已经很困难了。

一众摄影师疾风般地从他身边跑了过去。矢野紧握拐杖孤独地伫立在那里，让人不禁意识到他已经开始被遗忘。尽管如此，他梦寐以求的重审正在顺利进行，而且无罪判决的可能性越来越大。

"我已经开始嫌麻烦了。"

矢野口齿含混地小声说道。他因脑中风病倒，已经有十年了。长子工作调动后，他便从丸龟市搬到了位于高松市区的长子家中。独居在家的他仅在每月两天的公审期间外出。重审开始之前的道路太过漫长了。

按照惯例确认身份、证人宣读誓词之后，首先开始的是猪崎武典律师的询问。从开始的一段对话中，可以了解到证人白川的亲生父亲是案发地财田村（当时）的人，在那一带有很多熟人，白川两岁时父亲去世，养父的侄女，也就是他的堂妹，是被害人的妻子。

猪崎想给审判长留下的印象就是，一位与被害人有着颇深渊源的侦查人员能够提供对被告人有利的证词，就说明了其本身的"真实性"。

一九四八（昭和二十三）年一月，被国警三丰地区警署聘用的白川重男，在案发当时被分配到距离案发现场大约十五公里左右的上高野派出所。一九五〇年二月二十八日，通过警局电话接到报案后，他骑上自行车在砂石路上狂奔。因为负责管辖那一片的上财田派出所的巡警不在岗。

比他早一步赶到的是搭货运店卡车赶过去的合田良市巡警。此外，还有一些乘运载车（运送士兵的中型吉普）从总署赶来的刑警。他到时正在拉警戒线之类的绳子，现场勘查刚要展开。

当时的侦查报告书中记录着"下午七点到达"。这一点显示出这份记录是杜撰的。根据白川的回忆，当时太阳还没有落山。他记得还没打开自行车的发电灯就到了。但是二月下旬的下午七点，天应该已经完全黑了。检察官这样提问道：

"你为什么还记得没拧开发电灯呢？"

"因为在那种恶劣的道路上不开发电灯骑车，真的太难了，所以我记得很清楚。"

白川充满自信地回答。

同当地人关系熟络的白川巡警，被安排负责周边的搜查和联络工作。从案件发生到侦查总部解散，甚至再到后来案件的"破获"为止，整个过程中全程参与案件侦查的下级警官就只有他一个人。

在白川巡警的记忆中，印象更为深刻的是财田川河底的淤泥。根据谷口的供认，他"把凶器切生鱼片的刀从轰桥上扔到了财田川里"，于是警方便调动了当地的消防团来进行搜索，可最终还是没能发现。白川自己也在齐腰深的水里四处摸寻过，所以印象很深。白川用"艰难困苦"来形容那段经历。

此外，还有一个问题就是，犯人杀人后抢劫了一万三千日元，剩下的那八千日元的去向。谷口招供说，在被警察带走的途中，他将那八十张百元日币从"有七八位警官一起乘坐的押送车上扔到了路上"。供述笔录上是这样写的：

"从财田村中村的小野碾米厂开了大约五十多米，要上左边的那条道时，我趁着警官们没注意，从外套内侧口袋里把钱掏出来，转向左侧，假装从车篷朝外吐唾沫，然后将手指伸向车篷和车体之间，就把钱扔下去了。"

那一带并不是白川的管辖范围，但他至今还记得受命"挨家挨户进行排查"的事。白川不光走访了临街的人家，就连从大路进去最里面的住户，他也一个不漏地盘问到了。但据

从死刑台生还　　179

说"最终也没有碰到一个捡到一百日元钞票或听说谁捡到钞票的人"。

谷口繁义是在四月上旬的一天，在傍晚六点左右从家里被带走的。沿着县道向西一路驶去的押送车上飘落下来的那八十张百元钞票，估计得飞散得像花瓣一般。但是这些钞票没有被村里的任何一个人捡到，就凭空消失了。

且不提，双手戴着手铐的谷口在被押送途中，是怎样在警官们的眼皮底下把那么多钱扔出车外的，单就侦查人员百般盘问之后，仍然未碰到一个捡到钱的人，在这样一个狭小的村落里也没听到有谁捡到钱的消息。这样看来，供认本身的可信性必然会遭到质疑。

在谷口的供述中，检察官的总结重点就是"捅过两次"的那部分。根据一九五〇（昭和二十五）年八月二十一日的供述笔录，谷口讲述的内容如下所示。

"我担心香川过后还会醒过来，就想着要往他心脏上捅一刀，于是我就跨在香川肚子上，把坎肩和棉褂撩到上面让他露出胸部，右手持刀，刀刃向下。万一戳到肋骨，恐怕就捅不透了，于是我就把刀刃冲着自己，向左侧斜下方冲着左胸部大概是心脏的位置，捅进去约五寸。我看着没流血，于是把刀拔出来两三寸（未全部拔出），又刺入到相同的深度。那一瞬之间，我看了看香川的情况。他已经完全不动了，可以放心了，香川已经死了。想着这些，我就把刀子拔了出来。"

这里转瞬即逝的行为和心理，一个十九岁的少年竟能如此沉着地观察，而且还能记得如此清晰，令人震惊。其中"我看着没流血，于是把刀拔出来两三寸，又刺入到相同的深度"这部分供述，作为只有犯罪人知晓的事实，说明了供述的自愿性。

警察和检察官们主张说，从表面上看就只有一个伤口，但在内部却分成了两个叉，这一点是解剖之后才能了解的情况。

鉴定书是八月二十五日完成的。而谷口在那之前就已经反复供述捅过两次的事实了。他的供述和鉴定书完全一致。这种吻合是以"侦查人员事先不清楚捅过两次"，"是鉴定书下来之后才知道的"等情况为前提才能成立的。

反过来说，假如侦查人员早已了解这一事实，供认也可以被质疑是基于侦查人员的蓄意诱导完成的。

迄今为止出庭作证的侦查当局的干部们，均表示事先不清楚"捅过两次"的事实。因此，作为辩方证人出现的白川重男关于这个问题会给出什么样的证词，就成了这一天的焦点。

猪崎律师这样问白川：

"关于胸部的伤口，有没有知晓的机会呢？"

"有。"

白川明快地回答道。

"地点是在哪里？"

"我是在寺庙里待着的时候听说的。"

"什么时候？"

"很早的时候。"

侦查总部设在距离案发现场向西大约三百米左右的善教寺。后来又迁到了与之毗邻的正善寺。白川记忆中的事到底发生在哪个寺院并不清楚。

尽管如此，总部解散是在案发四个月后的六月二十七日，所以白川听说"捅过两次"的事肯定是在这之前。

至于司法解剖，由冈山大学副教授上野博出具的鉴定书上所附日期是两个月后的八月二十五日。既然白川作证说是"很早的时候"，那就应该是在案发后不久，侦查当局就已经知道"捅过两次"的事实了。因为被害人香川重雄被解剖是在发现尸体后的第二天傍晚。正如先前村尾顺一的证言所说，解剖观察记录也是由他完成的。

　　公审那天的前一年三月，我去白川重男家里拜访过他。他带着狗朝自家房前的草地走去。在那之前，我曾多次拜访当时侦查工作的负责人，藤野署长、田中警部、宫胁副警部等等，但会面都被他们拒绝了。

　　突然被我搭讪，白川瞬间露出了为难的表情，他含糊其词地承认了自己就是白川本人。尽管如此，他还是把我带回了自己家，走进木门，穿过铺着石头的庭院，来到客厅。他索性坦率地开口讲述。

　　案发当时，他三十二岁。但因为是战败之后从职业军人转业当的警察，所以就级别来说"并不是头儿，不过只是个雏儿罢了"。

　　在接到报案后，他骑着自行车从距离大约十五公里的上高野驻地赶到现场。安排给他的任务就是去盘问参与黑市交易的人、调查平日就品行不端的人，以及传唤村民等跑腿的活儿。所以直到现在，谁跟哪家寡妇私通之类芝麻大点的事情他都还记得。谷口确实被列在了黑名单里。但是，并非主要目标。

　　"结果还是没能揪出来。"

　　他说完之后，又很客气地补了一句。

　　"就算是要把谷口放了，因为证据还不足，那也是没办法的。这都是明摆着的。"

当时，我还觉得挺遗憾的，因为并没问出来什么重要的信息就结束了。然而，在这一天的法庭上，他证实了一件极其重大的事情。

那就是设在寺院的侦查总部里，有一个地方放着干部们的桌椅，这里被侦查人员称为"会场"。每天他们都会在这里召开侦查会议，向侦查人员传达各种消息和命令。

有一天，白川好像有什么事情要报告，于是一个人走进了会场。几位干部看到他后，停止了原本正在进行的谈话。

"真是怪了。"

他听到了这句话。干部们聚在桌子那儿，上面放着一张草纸，纸上画着一幅人体画。胸部的位置有一个切口，但前端分开了叉，形状就跟Y字横过来一样。在猪崎律师的建议下，白川在证人台上将那幅图画出来，给大家展示了一下。

"你是在进行汇报或联络时，看到了这幅图放在桌子上吗？我的意思是说跟这幅图类似的那页东西。"

"是，我看到过。"

"想必你也听了侦查干部们谈论的内容吧？然后，你看到那个是怎么想的？我想先问一下你当时看到时的情形。"

"他们说'真是怪了'的时候，我也觉得有些蹊跷。"

"哪种意义上的蹊跷？"

"前面分成了两个叉。"

"然后，看了图纸，关于胸部的伤，你有没有听到上司或者什么人提些什么？"

"如果要限定是上司，恐怕还不准确。因为这个事是当时县警总部过来人要接手侦查工作的。所以那些大人物应该听说过胸口捅伤的地方里面是岔开两个叉的。就在现场附近。"

"是在现场附近解释给你听的吗？"

"不，是我听到他们聊的。"

"侦查干部都是些真了不起的人。应该有两个以上的大人物。不是自言自语。"

"是的，不是自言自语。"

"他们在谈什么？"

"他们说，是捅进去之后前面岔开了，怎么回事呢？"

在谷口坦白之后的一天，三丰地区的全体警察在总署集合。不确定是定期集合还是临时召集。大家都在那里随意地聊着天。那时，白川旁边的一位同事这样说：

"喂，案子摆平（破获）啦！没想到这谷口一开口就道出了连侦查人员都不知道的事情，肯定是他，毫无疑问了。"

"什么情况？"

"胸部的那个伤口。你知道吗，看着捅了一刀，里面其实岔开了两个刀口？没错儿了！"那位同事心悦诚服感慨道。

"那个情况，我也知道！怪了！"白川紧跟着说道。

"你跟他可不一样，不是一码事儿！"

同事又说了几句反复争辩。白川证实了当天的对话，又补充上了自己的意见：

"正因为发生了这么个对话，所以我才记得这件事。如果没有这些，我应该早就把这件事忘了。"

白川的证词表明，基于他偶然间的一次耳闻，所谓侦查人员一无所知的"捅过两次"这一情况，其实已经是干部们周知的事情了。也就证明了谷口的供述是基于审讯官的诱导完成的。

辩方的询问，包括冈部、古高两位律师的补充提问在内，持续了一个半小时后就结束了。可是，此后检方的交叉询问相当执拗，竟然长达四个小时。

检方首先让证人白川证实了他和被告的哥哥谷口勉是同期进入警署的，企图让人们觉得他是因此才要说出对被告人有利的证词。之后，便是追问一些记忆中含混不清的细枝末节。目的就是想通过干扰战术让证人对自己的记忆丧失自信。

但是，对于人来说，记忆肯定不是整体性的，而是一些非常零散的片段。通常能够留在记忆里的，都是一些对于当事人来说印象深刻的事情。例如，前文所述，白川奔往现场的时间肯定不能明确，但即使如此，基于没拧开发电灯，他便能记起天色还不是很暗。于是，检察官就追问起，为什么会记得三十二年前拧没拧开发电灯这种无足轻重的事。

对于一个骑着自行车赶往现场的下级侦查人员来说，在砂石道上狂奔时，打不打开发电灯所消耗的体力有着巨大差异。所以，他才会清楚地记得当时是一个什么情况。只需要伏案而坐的精英检察官和在现场奔走的人，对问题的认识本身就存在着差异。

检察官连珠炮似的不断追问。

"关于在侦查总部听到的那件'真是怪了'的事，你有没有说过那是在案发后两三天内的事？请好好回想一下。有没有确切地说过？能否断言你没有说过？你说是'很早的时候'，对吧？具体是什么时候？对方又是谁？"

白川重男有些踌躇。不知为何检察官看上去自信满满。可这一天白川是一审以来第一次出庭作证。白川是在其他什么地方提过这事吧。检察官的那份确信、证人的那份踌躇，实在让我想不通。我不明白检察官的那份自信的缘由是什么。

不过，休息过后检察官的询问彻底解开了这个谜团。原来检方在去年六月六日和十月二十七日曾两度将白川重男传唤到检察厅进行审讯。原因就是他们听说白川要向辩护团作证说他知道"捅过两次"的情况。

这一天，检察官的追问就是想通过一九八一年六月和十月两次情况听取时白川的发言与今天的发言之间存在的出入，来说明三十多年以前的那些记忆不过是一些含糊不清的东西，以驳倒证词。身材矮小、头发明显已经花白的藤田充世检察官追问道：

"案件当时，证人参与了本案的侦查工作，关于被告人与被害人香川重雄之间认识这一点，你怎么看？"

"我觉得认识。"

"根据是什么？"

"财田上的面积是很大，但这个地方是一个非常闭塞的独立存在，所以我觉得他们当然是认识的。"

"这一点，在我们那里是不是也让你说过？"

"……"

"不记得吗？"

"是。"

"然后，关于被告人谷口写手记的事，证人，你有没有听说过什么？在本案当初侦查的时候。"

"我听说是把写的东西送到了法院。但是，上次我被传唤到检察官那里时，说过没说过，确实不记得了。"

坐在辩护团前排中间位置的北山团长迅速起身，制止检察官：

"刚才这个问题与主询问无关，我反对。且时间已经过去很久了。"

审判长调解道：

"这个问题是主询问中未提及的事项，反对有效。"

坐在前排细长脸的检察官佐佐木茂夫咬住不放：

"不不不，这是为了说明证词的可信度问的。"

一旁戴着眼镜、个头很高的大口善照检察官也站起来发言：

"他跟检察官说的很多内容都跟今天说的存在相互矛盾的地方。为了突出这一点，才问了很多之前供述过的内容。"

"手记的问题跟主询问无关，无需作证。"北山团长反驳道。

大口检察官仍在纠缠：

"所以，是从质疑其可信度的意义上发问的。"

北山的语气更加强硬：

"照这么说，岂不什么都能问了？！在主询问范畴内确认其可信度，那可以。你所谓的要质疑其可信度，怕是另有企图吧！"

"你要问几个问题？"审判长问道。

头发花白，已经谢顶的藤田检察官站起身：

"没多少。反正证人在我们那儿说的，好像都不记得了。就是还有一个关键问题，我们谈到胸部伤口，就对方所言的可信度来看，这个问题是眼前的重点。只需要稍微确认一下之前问过的点。"

审判长拦住了藤田：

"既然对方已经提出反对，我就必须制止你了。"

迄今为止在法庭上几乎一直保持沉默的检察官们，这一天表现得相当强硬。可以说这是一场为了颜面而战的进攻，因为

从死刑台生还

一个"自己人"转而成了辩方证人出庭作证。

这次是佐佐木检察官站了起来。在检察官里,他是最具有攻击性的。

"我认为辩护律师在以往的交叉询问中,对侦查人员也屡屡问及一些与主询问并无直接关系的问题,诸如怀表之类的。"

"没反对不就可以吗?我现在是提出反对了。"

北山再次强调说。他很擅长果断地拒绝。

审判长认可了反对意见。

"这个问题到此为止。"

藤田换了一个问题。

"证人,你当初是否听到过负责看守被告人谷口的人提及类似被告人谷口主动用纸和铅笔写手记的事?"

"我听说了,但是……"白川吞吞吐吐地说着。

北山立刻站起来,高声喊道:

"我反对。请对方公正发问。我要求撤回这个问题。"

审判长慢慢地问道:

"关于手记的问题……"

藤田恭恭敬敬地回答:

"只有这一个问题。"

审判长给出了一个折中方案:

"还请辩护人谅解。就只问这一点。"

北山进行了抗辩:

"不,我不能同意。不服从法院的指挥可不行。"

佐佐木不甘心就这样作罢,但似乎已经快要放弃了:

"作为我方,质疑可信度的理由充分,并非毫无根据地发问。过去,涉及这类情况也是……"

北山郑重地拦住了对方：

"在诉讼的推进上，服从法院的指挥难道不是理所应当的吗？"

旁听席也开始喧哗起来。审判长给出了结论：

"说到质疑那就没有休止了。好了，既然提出了反对，法院就不能不加以制止，这个问题到此为止。"

岛田律师向审判长确认道：

"可以理解为撤回了刚才的问题吗？"

"嗯，因为制止了嘛。"

"制止的是后面的提问！"

"是因为不回答，才制止的！"

谷口在被告席上，像是在劝架似的，左右地来回转动脑袋。

在同辩护团里的一位成员接触后不久，白川就向当年的一位上司报告了此事。很可能是上司汇报给了检察厅，于是检察官就把白川叫过去，调查了他跟辩护团聊的内容。

或者说，也许是以调查之名进行恐吓？当然，这仅仅是我的一个猜测。那一天检察官们所表现出的执拗让我们窥见隐藏在警察和检察之间的深渊。

警官们大体都是如此。退休之后，会去驾驶员学校、保安公司、交通安全协会等平日与警察有着密切接触的企业和团体任职。这也撑起了"警察一族"。

证人白川也是于一九七五年四月从副警部的位置上退下来后，在县警总部的推荐下谋得了高松市政府、交通安全协会、证券公司总务科等处的职务。即便如此，他还是站上了辩护团的证人台，这份作为市民的勇敢值得大书特书一番。

在回答完冈部律师的询问后，我承认他在那一天就作证这件事是需要下相当大的决心的。虽然有鼓励的电话，但白川表示也有人打来电话，"忠告"他"已经忘了的事，就不要再提了"。之后，甚至有人说得更过分，就是想让他闭嘴。

后来，据辩护团说，还有人打来电话说："你活着可不是一个人！""明明蒙受了关照，到头来还反咬一口？！"

就在退庭前不久，古市审判长探着身子对证人席上的白川说道：

"有点啰唆了。我想问一下，跟着一起讨论胸部伤口情况的警官都是谁？好像有两次这样的讨论，是吧？"

"是。"

"一个人都不记得了？"

"不记得了。"

"有藤野署长吗？"

"没有署长，这一点我能肯定。"

"则久副署长呢？"

"……嗯……在这里我不敢肯定。"

"三谷副警部呢？"

"……他嘛，或许不是。我所说的，也有可能不对。嗯……"

"没关系，你就按照现在的记忆说就好了。错了也没关系。"

"我记得在现场附近说话的人，有一位很可能是三谷。我是说或许。"

"在大殿的那次呢？"

"大殿那次也记不清了。"

"有藤堂吗？"

"……不记得了……"

"浦野？"

"……不记得了……"

"谨慎起见，我再问一下。宫胁呢？"

"那个人没来。他基本上已经不待在寺里了。"

"这些都是你很熟悉的人吧？"

白川默默地点了点头，过了一会儿又补充道：

"是的。除了县总部的人之外，当时三丰地区的一些干部至今也都还跟我有来往。"

审判长紧跟着说道：

"好的，到此结束。"

这也是休庭的信号。

白川重男虽然作证说在侦查总部听到了"捅过两次"的事，但却不能确定在场干部的姓名，对之后的事情也没有说出一个名字。这也许是他作为证人出庭的那一刻才做出的临时性的决定。

下一次，按照计划安排站到证人台上的是当初的侦查人员久保久太郎，以及再度出庭的三谷清美。这一天由检察官展开的长时间交叉询问，似乎也是要牵制住这两人的序幕。

一九八二（昭和五十七）年八月二十四、二十五日两天的公审，终于轮到辩护团对谷口繁义进行的主询问了。谷口自去年九月在重审首次公审中宣读申诉无罪的意见书之后，时隔一年再次站到证人台上。旁听席几乎爆满。

首先，坐在审判长正下方的矢野伊吉律师起身，走向证人台。

"谷口君，还好吗？"

"嗯，我很好。"

"今年，你多大了？"

从死刑台生还

"五十一岁了。"

谷口规规矩矩地答道。现场的气氛就好像他面对的是久别的恩师一般。

"你知道自己作为香川被害案的被告人被起诉吗？"

"是的，我知道。"

"什么时候？"

矢野操着僵硬的舌头，每一句话都是他用尽全身力气挤出来的。由于脑中风后遗症，矢野最近说话变得更难听懂了。但这一天，他的声音比想象中的要清晰很多。这不禁让人感受到，为了询问谷口他铆足了精力。矢野提到起诉的那一天。

"我记得是昭和二十五年九月之后。虽然不确定是几月几号，但可能是九月之后吧。"

"应该是在那之前。八月末吧。"

"那就是月末，嗯。"

"那，你杀害香川是事实吗？"

"不是事实。"

矢野抬高嗓门：

"不是吗？"

"嗯。"

"你怎么就能断言不是事实呢？"

"因为这件事根本就不是我干的，所以我可以断言。"

"你没有杀害香川的这件事，为什么没有从开始一直主张到最后呢？"

"啊。"

谷口一如既往用恭敬的口吻继续说着：

"那都是因为我被不断地减少伙食，被不分昼夜地连续审讯，没有充足的睡眠时间，出于懊恼和睡眠不足造成了身心衰弱。当时，我求他们让我休息一下，可他们就是不听。手上戴着两个手铐，眼看着从手腕到手指这里都红肿了。腿上的绳子从膝盖往下绕上五圈左右，每天都被拷问。"

同公审第一天他宣读的陈述书上描述的一样。或许是因为他的思考回路已经固化。这让我不禁想到谷口在长达三十二年的单人牢房生活里，被隔绝在了与社会的对话之外，被迫沉浸在面对墙壁的自问自答的世界里。

恐怕一旦被拉回到正式的场合，在迄今为止的反复回味中已经固化的句子，那点有限的词汇，就会不断地脱口而出。

"检察官都向你出示了哪些作为证据的东西？"

"证据吗？什么都没有。"

"没有向你出示过任何东西吗？"

"我觉得好像是没有什么。"

"你向检察官供述了五份供述笔录，向警察供述了八份供述笔录，这些都没给你看过吗？"

"有。"

"在哪里？"

"在高濑副警部派出所，宫胁警官跟家人住的宿舍里。"

十分钟左右的提问，让矢野律师看上去已经非常疲惫了。他坐在椅子上稍事休息了一下，然后又重新开始。

"那当时，你有没有否认说'这些显然不是我说的'？"

"里面既有我说过的，也有我没说过的。"

"什么意思……"

"就是说，本案之外的内容，有些是我供述过的。"

"那关于检察官出示的那些供述笔录，你问过是在哪里完成的吗？"

"这个事我没有提过，那是在高濑副警部派出所楼上靠东北方位的一个审讯室里，我在那里还接受过检察官的几次审讯。他们是把那些记录下来，回去整理的笔录，也给我看过。"

"那不是真正意义上的笔录。笔录是把当时听到的内容清清楚楚写下来。"

"……"

"然后，你写过手记吗？"

"完全没有。"

"所以就是说，虽然你因为抢劫杀害香川被起诉，但可以确切地说你并没有干过，对吗？"

"是的，我没干过。"

"我也全面地调查过，截至目前没有任何证据表明谷口杀了人。"

谷口点了点头。

"那你为什么没有强烈地坚持自己的主张？难道不应该强硬地坚持说事情不是自己干的吗？"

"嗯，正如刚才我所说的那样，在高濑副警部派出所里我遭受了强制诱导和拷问，无奈做出了虚假的供述。那是因为不断被减少伙食，不分昼夜连续地对我进行审讯，懊恼、睡眠不足让我感到身心俱疲。我再也忍受不了那种痛苦了，最终才做出了虚假的招供。"

谷口似乎也在为自己内心那些固化了的说辞而感到苦恼。

"即便是假的，你承认过吗？"

"是的。但我没有真正认罪。"

"我知道你没有真正认罪,但是你假装认罪过吗?"

"是的,坦白地说,认过。"

"'坦白地说,认过'是怎么回事?"

"比如,他们让我供述把凶器扔掉了,还让我说捅了两次,以及在被追问不在场证明的时候,让我说当晚没和弟弟一起睡,等等。"

辩护团在这一天对被告人提问的主要目的,就是想要推翻供述的自愿性和供述笔录的可信性。继矢野律师之后,冈部保男律师接着提问。他从捋清事件发生之前谷口的犯罪经历开始问起,因为有必要弄清楚谷口被警察怀疑的理由。

正因为他作为有前科的人是一个值得怀疑的存在,才会被警方攻击。在当时的侦查资料中,谷口被列为"当地的不良少年"之一。但是,嫌疑度很低。

根据冈山律师提问的结果,即使刑警来了,谷口自己也觉得只是普通的调查而已。作为犯罪动机之一的"一万八千日元"借款,实际上只有两千日元左右。

之后,冈部又提到了那十三份供述笔录,问他何时知道存在这些东西的。谷口回答说,在一审的法庭上他才第一次知道,但并不清楚里面的内容。

迄今为止的公审中,还有一个争论点就是"抢劫款的去向"。据供认,被劫走的"一万三千多日元"里还剩下八千日元,谷口被另案逮捕后,在押送途中,从押送车的缝隙扔到了路上。

当时,负责护送的久保久太郎巡查在一九八一(昭和五十六)年二月接受NHK记者的采访时表示,"双手戴着手铐,不可能把八十张一百日元的钞票扔掉"。但是，就在上次七月份的公审中，他却推翻了这一说法，改口说"有可能扔掉"。这不禁让人产生联想，怀疑是警方干部和检方的反扑。

久保主张说，在带走谷口时并没有查看他衣服里面的口袋。带走嫌疑人时所做的搜身只是从外面敷衍了事地摸一下，这很难让人信服。谷口的供述笔录中这样写道：

"我把钱卷好了，藏进外套衣襟内侧的小口袋里。"

可是，外套里面的小口袋果真能装得下一摞八十张的百元大钞？而那八十张钞票，据说是他假装吐唾沫时扔到车外的。

冈部律师追问道：

"这些是事实吗？"

"根本没有那种事实。"谷口断然否认。

"外套里的那个口袋是用来装怀表的，就是缝在衣襟上的一个很浅的口袋。在审讯过程中我说过，被捕前，母亲考虑到去了警察局是要花钱的，所以在里面给我塞了一张一百块钱的票子。"

外套衣襟里面藏匿了八十张一百日元的钞票，不过是审讯官们发挥想象力，异想天开的产物。

冈部继续提问。

"你从押送车里往外扔过八千日元吗？"

"这不是事实。"

"警察做过实验。"

"是的，做过。"

在派出所前面的县道上，他们让谷口坐上押送用的丰田小卡，让他实际演示如何扔掉那八千日元。谷口双手戴着手铐，攥着一摞百元钞票，扭着身子想把钱都扔掉。可尽管想从车体和车篷之间把钱扔出去，但车篷撑得紧绷绷的，弹力很强，那一摞钞票就是掉不下去。谷口证明说，试了三次，三次都以失败告终，在场的刑警都面面相觑地笑了。

"你解释不在场证明时，宫胁副警部怎么说的？"

"他跟我说，有人说我那天晚上没在家，还有人看到我是早上才回去的。"

"他说过那个人是谁吗？"

"没说过。"

在宫胁副警部完成的第二次供述笔录中，谷口坦白了曾经偷偷潜入香川重雄家偷了一万日元的事实。

"你为什么决定要说出那件事？"冈部律师问道。

谷口回答说："因为我被怀疑是真凶，为了证明我不是真凶才说的。"由此，法庭上出现了奇妙的变化。

"你想说这件事不是自己干的，跟自己相比安井的嫌疑更大，作为证据才把去过香川家的事情说出来的，是吗？"

"是的。"

"也就是想说，因为潜入过香川家，所以安井也有犯罪的嫌疑。"

"因为我没有犯下这个案子，所以就强烈地建议宫胁，要他们好好地调查一下能够被断定为真凶的安井。"

"要说能够断定安井就是真凶的资料，你当时应该什么都没有掌握吧？"冈部责问谷口。

"这个嘛，"谷口提高声音说道，"有啊。那就是，他曾经想封我的口，让我不要说出一万日元的事。"

从死刑台生还

"是安井吗?"

"是的。"

"笔录上正相反呀?"

"是的,好像是弄倒了。"

"上面说是你想要封安井的口。"

"是的,完全反了。"

"那是反了?"

"是的。那是在一家叫西原的小饭馆,晚上八点左右我正喝着酒。那时,安井通过冈边升把我叫了出来。我一边想着会是什么事一边走了出去,一出去安井就喊了我一声。然后,我就走到安井跟前。那里正好是财田上农业合作社的正门,我跟安井站着聊了一会儿。他说,香川被人杀了。我就说,是呀,也挺可怜的。那个时候,他就想堵住我的嘴,跟我说,之前那一万日元的事情,要是被警察叫过去绝对不能说,就算是杀了你也不能说出来。然后,他又在西原饭馆请我喝了五杯烧酒。因为这些事,凭直觉,我认为这个案件是安井干的,所以才拜托宫胁主任调查。"

"但是,如果冷静地思考一下,仅这一点,不能作为安井就是犯罪人的依据。不过,在当时也许会那么想。"

看到冈部苦笑的表情,谷口似乎也渐渐地恢复了理智。

"……嗯,或许是吧。"

他的语气缓和了许多。但是很明显,他并没有放弃自己的主张。

至今为止,在持续了一年的公审当中,谷口没有流露出自己的一丝情感。即便是那些把他关进监狱三十二年、夺走他人生中最宝贵的一段时期的侦查人员在他面前的证人席上,或佯装不知或大放厥词，都未见他暴怒过。相反，他只是用平静口吻告诫对方。

这样一来，更让我觉得压在他身上的这三十二年是多么沉重。被关在没有出口的混凝土房间里，束缚在毫无感情的语言当中，谷口的万念俱灰清晰可见，着实令人感到痛心。

那一天，通过和辩护人的对话，谷口终于打通了新的思考回路，他本能够获得用自己的语言来释放这三十二年的情绪的机会，但没想到他开口说的竟还是在狱中日夜不断组织出来的个人独白。他为了证明自己的清白，向宫胁坦白了无人知晓的"万元盗窃案"。然而，这份供词反倒被他们用来伪饰"杀人事件"的故事了。

谷口繁义和安井从二楼的窗户潜入香川家，隐藏在地板下面，一直等到主人早上外出。这种沉稳憨直的做法，同拔出凶器、跨在被害人身上乱捅的杀人犯的手法相去甚远。

然而，宫胁在得到谷口认为安井可疑的供述之后，反倒更加坚定了"谷口犯人说"的想法，并将这段供词挪用到了杀人供述的笔录里。

冈部向他展示了一九五〇（昭和二十五）年六月二十六日的供述笔录。

"你是认可里面写的内容之后才签字的吗？"

谷口戴上老花镜远远地看着，"啊"的一声陷入了沉思，随后答道：

"我不知道。"

"笔录里好像是把很多事情混杂到一块儿整理出来的，是吧？"

"是。"

"没人告诉你,你有权保持沉默吗?"

"这种事,我一次也没听说过。"

"你是让他们读给你听过之后签字画押的吗?"

"是,有过。刚开始做笔录时,我让他们读给我听过。因为宫胁的字是草书,连笔太多,我看不懂写的是什么,就曾拜托他们写在别的纸上给我看。在最后的阶段,我记得是他们先做些记录,过后再整理出笔录来。"

逮捕当初,谷口还是一个十九岁的少年。六年小学好赖混到毕业,之后高等科的那两年课程几乎就没去过学校。审讯官那潦草的字迹,就算是我们现在要辨别读懂,都很费劲,更不用说对于当时那点儿学历的他来说了,肯定是有难度的。

而且,只有极少数人知道笔录可以成为重要的证据。行使保持沉默的权力自不待言,对于笔录,逐字逐句地斟酌,确认自己所主张的与笔录内容没有出入之后,才能签字。但通常情况下,绝大多数人都做不到。

这三十二年间,谷口在监狱里学会了识字、写文章,还能阅读别人的信件。法庭上的他是经历了这段岁月打磨之后的人,从他的背后我们还需要看到当初那个不学无术、很早步入社会靠体力维持生计的十九岁少年的形象。

当初,谷口的伙食被减少了一半,从早上五点半一直到深夜都要接受审讯。田中警部、宫胁副警部、广田巡查部长三个人一起的话,审讯就会更加严苛。

"他们跟你说过,'是你干的吧',是吗?"

"是,我主张说:'我没干。'"

"然后呢?"

"他们就逼问我，'不可能不是你这家伙干的！就是你干的！肯定干了'。"

当初的侦查资料里记录了谷口在拘留所里的一些言行，包括"真想在充满福尔马林的房间里，喝上一杯死掉算了""我想活得壮美而短暂"等等。

关于这些，冈部提出疑问。

"我从来没想过要死。完全没有。"

谷口说话的语气越发坚定。

"就寝时，你会抖动手脚？"

冈部继续问道，谷口快活地笑了。

"现在也会。在拘留所时，活动完腿脚再睡觉已经成了习惯。"

用怀疑的眼光捕捉到的一个微小事实，也会被当作勾画犯人形象时的素材，足见警察的造作。

谷口被铐着两副手铐，腿用绳子绑着，跪坐在那里接受审讯。有很多次苏醒过来时，他发现自己正在被人泼水，全身湿漉漉地倒在地上。一旦承认了"做过"，大量的笔录很快就被拿到了他眼前。之前说过的所有内容，都被结合罪行写了进去。冷静下来看的话，相比做了供述，谷口忍受着"拷问"，坚持了一个月都没有供认更真实。

疲惫不堪的谷口没有好好地读一读笔录就签了名，按下指印。

在旁听席上，我理解到的是，"拷问"并非德川时代那种把人弄得极其凄惨的做法，而是铐上两副手铐、腿上绑上绳索，让人想象今后可能会遭受的更为残酷的待遇。谷口就是屈服于这种臆想了。

把无辜的人关进密室，每天逼他供出同样的内容，这种做法本身就可以被称为一种拷问。若是有人讥讽这种屈服和招供

从死刑台生还

的话,不妨设身处地地去想象一下,感受谷口内心的恐惧。

"促使你供认的最大的契机是什么?"
"嗯,那是因为审讯越来越严苛,睡眠不足让我感到非常疲惫,我求他们让我休息一会儿,结果他们就是不听……"
谷口又重复了一遍同样的内容。
辩护人的提问一旦涉及审讯的内容,谷口很快就会从对话的世界跳脱出去,回到在高墙内念独白的状态。提请被告人是以辩护人提出的问题作为媒介,让当时的状况鲜明地浮现出来,这样才更有效果。但是,谷口的世界被疏离在这种对话之外太长时间了,致使他在法庭之上无法将那些情况生动地展现在人们的面前。
冈部律师多少感到有些焦虑。
"之前,我大致翻看过警察的笔录,你是清楚警察的哪份笔录里写了哪些内容之后签字的吗,还是不知道里面的内容,就被胁迫签字的?"
"嗯,我是在不了解内容的情况下签的字。"
"你说过不愿意签字吗?"
"我曾经拒绝过。"
"拒绝之后呢?"
"他们读给我听的时候,我说过'请把那段删掉''这一点不对,这一点很重要',我明确地要求过宫胁主任,请他们不要写一些我没有供述过的事情,还让他们删掉那些错的地方。"
"那是在哪个阶段?早期,还是什么阶段?"
"应该是过了很久。被转押到高濑副警部派出所之后又过了很久。"

"当时你应该很清楚吧？"

"这个事，我还真不太理解。"

"你不知道在笔录上签字会带来什么样的结果吗？"

"不知道。"

"这么说，当时，你并不知道笔录是可以作为审判证据的？！"

"不是，也不是完全不清楚。因为签字画押就等于是已经正式盖章了。"

"你没想过这些会成为决定性的证据吗？"

"至于会不会作为证据，这个问题我倒是没想过。但是，隐隐约约地也有了一点意识，虽然不是完全明白。"

"一旦在上面签字就会被定罪，根据情况甚至可能会判死刑，这些你在当初都没有想过吗？"

"是啊。怎么说呢，被判死刑，我是一点都没有想到。"

尽管辩护团做了周密的准备，但当天的公审可以说并没能戏剧性地展开。想让气氛如电视剧一般活跃，这个主角未免有些太过笨拙了。不过，这种笨拙反而将三十二年来把他囚禁起来的非人道的做法凸显了出来。

重审公审进展顺利。第一次公审已经过去一年，再度迎来了秋天。高松的街道上还能感受到秋老虎的炎热。检方虽然对辩方提请的证人原侦查人员白川重男进行了激烈的反扑，但之后并没有再掀起过多的论战，只是一味地默默承受着辩护团的压制。

一九八二（昭和五十七）年九月二十一日起，检方针对谷口繁义作交叉询问。检方就他和安井良一一起犯下的"万元盗窃案"进行了刨根问底式的询问。不过，这些可以说是毫无胜算、破罐破摔式的抵抗。

十月十二日的第二十五次公审，检方计划进行第三次交叉提问。

开庭的同时，矢野律师忍不住突然起身发言：

"谷口是死刑犯吗？这一点我从一开始就提出过质疑。这都是检察官们伪造谷口的供述笔录所造成的案件。检察官还有警官们完成的那多达五次、七次的笔录都是伪造的。我认为只要证明了这一点，其他的事情就完全没有必要再查了。"

最希望重审、对重审的开启影响最大的矢野，渐渐变为辩护团里对重审批判声最响的人。在他看来，谷口至今仍被拘押本身就可以看作是继警察、检察之后，法院的犯罪行为。他自费出版了各种各样的宣传册子，来弹劾他曾常年供职的法院。例如，在一九八〇年十二月九日撰写的那本小册子上就这样写道：

一、称谷口为抢劫杀人罪的死刑犯是错误的。死刑判决是捏造的、无效的。

二、实际上捏造行为已经暴露。还不放人，是要把他当成死刑犯关一辈子吗？

三、此案由最高法院送交高松地方法院本身就毫无根据，极为无效。后面的程序都应该取消。

四、最高法院岸盛一法官就是最坏的犯人，是恶人头子。必须重新核查他的行为！

五、谷口没有理由被拘禁，赶紧放人！去把那些黑心官员都关起来。

重审公审是一九七六（昭和五十一）年十月十二日经最高法院裁决后，好不容易才开始的。但是，常年坚持主张谷口无罪的矢野，对这个决定本身明确地表示过质疑。

原因就是，案件并非被送回作出死刑判决的原原审（一审）高松地方法院丸龟支部，而是高松地方法院，且史无前例地对矢野个人进行了批判，再有就是矢野多次提出的违法拘留救济诉讼一直被驳回。

换句话说，矢野其实是想借法庭之上对权力机关维系秩序的政策，从根本上进行激烈的批判。即使岸盛一最高法院审判长已于一九七九（昭和五十四）年七月二十五日病逝，矢野对他的批判也未见削减。矢野一直在强调，谷口的冤情，岸盛一应该是最清楚的。

他口齿含混地在辩护席上咆哮：

"谷口君，我没有告诉你，你的供述笔录跟警察的有七次，跟检察官的有五次。我都已经提交给法庭了。那些全都是伪造的！伪造的！这已经是毫无疑问的了。我一直主张这一点！"

"法院的判断，"古市审判长接过矢野的话头，慢条斯理地说道，"会在最后的判决中给出，在那之前我不会发表意见。"

矢野的意见表达就此结束。正当检方要对谷口进行提问时，谷口突然站起来：

"我有些话想说。"

由这种毅然决然的表达方式，看得出他是在单人牢房里经过深思熟虑之后才下定的决心。

"我想说的是，我已经回答了辩方提出的问题。在上次询问被告人的过程中，我把感觉有些记忆模糊的、不确定的事情，还有一些后来才了解到的事情，都好像是当时的体验似的全都陈述出来了。照这样回答提问的话，恐怕很可能招致错误的判决，所以我不再回答任何问题了。以上就是我要说的。"

谷口突然拒绝作证。

辩护团成员一个接一个地站起来，展开辩论的阵势，支持谷口拒绝作证。检察官认为被告人有罪，想要维持死刑判决。所以，检方主张的"被告人拒绝回答问题就意味着处境不妙"，俨然是出于一种"只要不能自证清白，那就可疑"的思维。

辩护团主张，谷口若是有罪，就应该用客观的证据来阐明，企图通过提问来维持三十多年前的虚假事实，简直是荒诞无稽。

检方无法应对突如其来的事态，于是提出休庭申请。

"尽管可能会有各种各样的意见，但由于我们完全没料到这一突发状况，作为检察官，我们需要讨论一下对策，所以申请暂时休庭。"

平时就作为急先锋紧逼检察官的冈部律师强调说：

"换句话说，被告人不回答，就意味着到此结束了。无需再有什么对策，后面该怎么推进就怎么推进便是了。被告人说了不回答，你又不能强迫他说，这不明摆着嘛！"

审判长对被告席上的谷口说道：

"法院也没有预料到这种情况，所以也不知道该如何是好。正如大家了解的，询问被告人在本法庭也是第一次进行。在终审里，没有询问过被告人。上诉审阶段，也没有详细地询问被告人。回不回答问题的确是被告人的自由，但正如我所说的，这毕竟是第一次对被告人进行询问。所以能不能再商量一下，看看有没有回旋的余地。被告人，你觉得呢？"

谷口显得有些拘谨：

"我还是刚才的意见。"

审判长又重复了一遍:

"那对于法院的问题,也不打算回答了吗?"

"是的,如我刚才说的那样。"

"法院出于职责,必须在最后询问被告人。而且我本打算亲自对被告人提问的,你也不打算回答那些问题了吗?"

"是的,我是那么想的。"

谷口第一次提出了强烈的自我主张。

一九八二年十一月十六日。自上次开庭过去了一个月。公审已是第二十六次。

审判长落座之后,首先对坐在眼前的谷口说道:

"你有什么要说的吗?"

谷口恭恭敬敬地回答:

"请允许我在开头说几句话。上次那个上午我说了,不回答法院的问题,但是您跟我说法院是出于职责发问的。后来,我也仔细地考虑了一下。这次重审原本就是因为我信任法院才提出的,所以对于我所信赖的法院提出来的问题,我觉得当然还是应该回答。

"我正在阅读佛经,《莲如上人一代记闻书》中提到'要说,一定要说,不说的人就是恐惧',所以我更想要回答了。

"基于以上两点,尽管有很多遗忘了或者是混乱的记忆,但是我还是决定要回答。只是对于检察官的提问,因为他们是些让我陷入罪恶的人,所以像上次说的那样,我还是不想回答他们的提问。以上就是我要说的。"

就这样,法官的提问持续进行了两天。但对于本计划下次进行的检方提问，谷口还是拒绝接受。

自一九八一（昭和五十六）年九月三十日开始的财田川案件的重审公审进入了第三个年头。一九八三（昭和五十八）年二月十五日第三十次公审，谷口出庭。自一九五六（昭和三十一年）年六月高松高级法院判决驳回上诉以来，他还是第一次能够在公开场合吐露自己的意见。虽说从最一开始他就是那副样子，但现在被告席上的谷口态度更加淡定了。

正如前文所述，与其说他是站在被审判的一方，莫不如说他更近乎是一个纵览审议全程的审判员。他从不慌乱，也不激昂，表达自己的意见时，也总是很平静。

对原高濑派出所拘留室的看守小野秋士进行的提问，较计划的时间延长了一些，一直持续到下午还在进行。这时，一个刚步入老年的男子突然打开走廊一侧的门走进法庭。他身材矮小，皮肤黝黑，乍看上去像是从事了很长时间的土木工程。这个人就是安井良一。原计划下午开始对他进行询问。

古市审判长对他说：

"请再稍等一下。"

"我说什么都得在今天之内赶回大阪，所以能快点吗？"

安井用略显生气的口吻发牢骚道。

一九五〇（昭和二十五）年四月谷口在家中被逮捕之后，五十七岁的安井和五十一岁的谷口时隔三十三年再次相见。安井坐到证人席上时，谷口非常怀念地将视线投向了他。但安井却有意识地避开了。

安井良一就是谷口至今仍坚信是真凶的那个人。安井为了这一天，专门从大阪府的守口市跨越濑户内海来到高松。

刚刚进过一次法庭的安井，好像对审判长心怀不满似的说道："赶紧给我快点吧！"俨然是在明确表示，自己分明跟案子毫无关系，却还是被硬拽过来了。而且他此行应该是瞒着家人过来的。

在法庭正中央，年龄相仿的安井和谷口坐在那里，总感觉有着某种相似的气场。如果没有这件事，或许两个人会作为酒友，至今仍有来往吧。

检方的主询问从安井现在的职业开始。安井回答说是"建筑公司的董事"。就体格而言，他的声音很小。辩方要求他再大点声回答，或许是因为无法抑制内心的抵触，他显得很不高兴。

"你认识被告人谷口吗？"

对于佐佐木公安部长的提问，他轻轻地点了点头。

"请往后面看，确认一下。"

安井第一次回头看谷口。二人互相凝视着对方，似是点头打了个招呼。但过程只有一两秒钟。谷口将视线投向安井的后背，这让安井露出了不安的表情。

"你被叫到守口警署时应该听说了，在公审中，被告人谷口认为你才是犯人。"

检察官刚一提出问题，安井便突然大声回答：

"是，我那还是第一次知道。"

或者，安井就是由于这个心结，才作为检方证人现身四国的。

安井和谷口曾合谋潜入香川重雄的家里偷走一万日元。在谷口的供述笔录中，当时的这一罪行被用在了对杀人事件的供述上。因此，检辩双方都把提问集中到了这起发生在抢劫杀人案大约半年前的"万元盗窃案"上。

轮到交叉询问时，冈部律师温和地向安井发问：

"你肯定从警察局和检察厅那里听说了很多情况了吧？你是不是已经跟他们说过很多遍'请不要这样，这样让我感到很麻烦'？"

"说过。"

"对此他们怎么回答？"

"'也没什么大事，但你必须得过来一趟'。"

"你说过不想去？"

冈部再次确认。安井点了点头。

"是。"

"你对此是怎么看的？不去会怎么样？"

"我也不好说。"

"他们是不是说这是最后一次了，让你就来这一次？"

"嗯，是这个意思。"

"从你的角度来说，是不是觉得'那没办法，就勉为其难去一趟'？"

"不，那倒不是。"

"那是怎样？"

"我想着反正不去不行，所以就来了。"

"检察官告诉过你，谷口在法庭上说他觉得你才是这起香川案的犯人吧？"

"是最近听说的。"

"听到这个，你是怎么想的？"

"不是我，所以没什么想法。"

"但是，你有没有觉得他简直是在胡说八道？"

"我觉得是。"

"现在还这样认为吗？"

"不这样想了。"

"为什么？"

"因为不是我，所以不管别人怎么说，我都无所谓。"

"越不是，在被别人说时越会这样想，不是吗？况且你们还是朋友吧？"

冈部不停地发问。

"人之常情吧。"

"从你的角度，应该会感到不快，是吧？"

"不是我干的，所以也没觉得怎样。"

"你被他这么说，那你怎么看谷口呢？"

"我不知道谷口是出于什么想法这么说的。"

"是不是让你感觉不大舒服？"

"是的。"

安井坦率地承认道。

在这一天的法庭上非常明显的是，检方即使到了现在，还准备通过在一九八一（昭和五十六）年八月、一九八二（昭和五十七）年八月对安井进行的两次详细情况听取，来捣碎谷口的记忆。不知怎么回事，安井和谷口关于那起万元盗窃案的记忆竟大相径庭。

安井在作证时说，他是瞒着家人和同事过来的。因为年轻时在家乡盗窃了一万日元的事，三十多年过后的今天还要被警察和检察机关传唤，这种不合理的状况让他感到困惑，甚至是愤怒。

他是作为检方证人来到现场的，对谷口指认其为犯人的做法，他更是心怀反感。现在的他已经成了建筑行业的一个手底下有五十多人的专务董事，而且据说客户都是政府机关。可以说，这也成了他面对检察机关的一个软肋。

　　辩护人的提问结束后，进入被告人提问环节。这时已经过了五点闭庭的时间。谷口想要从坐在证人席上的安井的身后，窥探一下他的侧脸。
　　"安井，你也累了吧？那我就简短地问一下。"
　　谷口打了声招呼。
　　"我和你是老朋友，住得也很近，对吧？你母亲对我也很好。我之所以去偷那一万日元是听了行盛利德的话。他跟我说，到了香川家，半夜偷偷潜进去，藏在廊檐下面，等到第二天早上，香川去干活之后，找一下就能发现钱。我还说，你知道得很清楚吗，从哪儿听来的？然后，行盛说，安井也知道，你可以问问他，是他跟我说的。所以，是你跟行盛说的这个事？"
　　"不是。"
　　安井冷漠地答道。
　　"于是，从中央座看完电影回来的路上，我碰到了你，跟你在瀑布下面的县道上聊了一会儿。然后我还提议去了一个我认识的地方。时间的话，我记得是刚过十一点。对吧？"
　　"时间记不清了。"
　　"我记得是已经过十一点了。从那个地方到香川家大约三十分钟。这样算起来，大概就是十一点半之后。去的路线正如你刚才说的那样。去香川家的路上有一个叫严岛神社的地方，我经常跟你一块儿去那儿玩，还记得吧？"
　　"太久远了，记不太清了。"

安井不屑地说。谷口毫不在意地继续说道。

"还有一些庙会之类的活动。有时我们还在那儿跳舞。还记得吗?"

"记得。但是也没经常去吧。"

"虽然没去过几次,但那是严岛神社,对吧?"

"是。"

"中途到严岛神社时,时间还有点早,于是我们就决定在那儿先等等,对吧?"

"我觉得不是那样。"

安井一直在看手表,那副样子好像是很在意回去的时间。

"在严岛神社等了段时间",这个事实被当作谷口杀害香川重雄之前的一个行动,记载在了供述笔录里。但是,谷口想让安井作证,那是盗窃一万日元时他和安井一起做过的事。

然而,安井却坚决否认了这一点。在谷口看来,这是他三十三年来在单人牢房里反复回想的事实。谷口继续说:

"你觉得没有那回事吗?可我记得是那样的。因为不清楚香川是否还醒着,于是想着等他彻底睡熟了,就决定在那里等一会儿再过去。大概有二三十分钟,我们一会儿坐在台阶上,一会儿跑到里面。我跟你两个人焦急地在那儿等着时间过去。你还记得吗?"

"不记得。"

安井看了眼手表,一副焦躁神情。

"确实是等过。然后,我们决定出发,站起身来,走了大约十米,发现有人影。你还记得吗?"

"不记得。"

"所以我们又折返回去，躲在大树下面等了一会儿，才又出来的。然后，就来到了香川家。你刚才说的是直接去的吧？事实上，不是。毕竟是三十三年前的事了，想必你的记忆也模糊了。可是，那难道不是一辈子都忘不了的事吗？"

"那种事没必要总是记着。"

安井不停地喝着杯子里的水。在他看来，那些事与其说是已经无所谓了，莫不如说是想要主动忘却。谷口仍不肯作罢。

"你因为忙于各种各样的工作，或许忘了这些事情，但我却一直记得。我们去了严岛神社，等着时间过去，然后前往香川家，你不记得了吗？到了香川家之后，我们查看了一下外面玄关入口的门。"

"或许是查看了一下吧，但我记不清了。"

二人没能从玄关进去，便沿着橘子树爬上去，从二楼潜入。他们钻进一楼地板下面储藏番薯的地洞里一直等到早上。根本没有趁人不备突然捅杀的那股凶残劲儿。

"然后，我们俩就进到了那个番薯洞里，那时，是我先进去的吧。"

"这一点记不清了，但是确实进去了。"

"然后一直熬到早上，两个人都迷迷糊糊了。"

"或许是吧。"

"那会儿我特别困。然后，天慢慢亮了，香川可能是去做饭了，腾腾地冒着烟。是吧？"

"不记得了。"

"虽然烟雾很呛鼻，但是你说刚才好像听到有人说话了。对吧？"

"虽然不清楚是外面还是哪里，但是我的确听到了类似说话的声音。"

"还记得是女的还是男的吗?"

"他们叽叽咕咕地说话,没听出来。"

"在我印象中,说的不是香川这个姓,而是叫前田常子。是不是香川的媳妇?"

"可能是前田吧。"

"我记得听到前田常子的声音了,你呢,还记得吗?"

"不记得了。我可能本来就听辨不出来声音。"

"前田常子那个人声音很尖,然后,我还跟你说,他跟前田常子还挺能聊的。对吧?"

"不清楚。"

"不记得吗?"

"是。"

香川出去之后,二人在屋子里找了一番,发现被子下面放了一百张百元钞票。谷口的提问仍在继续。

"于是,我就说'安井!咱数数吧',记得吗?然后,你点了点头。在你的同意下,我拿到电灯下面数了数,然后把钱一分为二。你不记得了吗?应该还记得吧!"

"分了应该是没错,但是在哪里分的我不记得了。"

"应该就是在那间四叠的小房间的吊灯下面,我分的。你现在想起来了吗?"

"想不起来了。"

"是在房间里分的。然后你走到我负责翻找的壁橱旁,你确实过来壁橱这边了。正如你刚才说的那样。"

"这些我都记不清了。"

安井似乎很在意回去的时间。他又举起左手看了看表。

"翻壁橱这一点，你刚才按顺序回答问题的时候也提到了吧？"

"你跟我说这些干什么？那确实是干了的事，不是没错吗！"

"然后裤子……"

"你到底要跟我说什么？！那个顺序，你从刚才就一直在说，不是一样吗？！"

安井的声音里充满了愤怒。

"虽然是一样，但我想说的是还发生了这些事。"

"有就是有，可是你总是反反复复不停地问，我也很可怜！"

"我理解你的心情。那一万日元的事你嘴很紧，一直守口如瓶，而我尽管保证过，但没有遵守约定。"

"这些倒都无所谓。反正我也是来赎罪的。只是我永远都要因为这个事儿受到指摘，不断地遭受盘问，未免也太可怜了。"

"你说得对。但是，我也是好不容易才能在法庭上跟你再次见面。"

"三十年没见了。"

"你不觉得很怀念吗？"

"要是因为什么好事碰到，那还行。"

安井的声音稍微柔和了一些。

"不是好事吗？是件好事呀！"

谷口教诲似的用一种平静的口吻说道。安井回过头看了看他。似乎也并非没有为这次时隔三十三年的重逢而动心。

"又不是什么光彩事。都现在这把年纪了，还要把自己那点糗事都抖搂出来，我觉得太丢人了。所以，谷口君，你也说了，干过的事就是干过。这其中虽然有一些出入，可大体上不是一样吗?"

"你从那儿拿了一条樟脑味很浓的裤子,然后怎么样了?正如刚才你说的那样。"

"嗯,没错,所以,这样总行了吧?你到底想问什么?总是重复一些相同的事情,你是想让我说我什么都没拿吗?那样的话,你没必要反反复复问同样的问题!"

审判长劝解了一下安井。辩护律师要求他认真回答,而检察官则站起来提出反对,认为一味地重复同样的内容只是在浪费时间。

"然后,就是决定要离开那里了。"

"是。"

"出来的时候,我也饿了。而且是很饿。因为没吃饭嘛。你说你也没吃晚饭。"

"这我记不清了。"

"你还记得香川家的厨房和茶间吗?"

"嗯。"

"茶间的饭桶里面有饭。你还记得吧?"

"嗯。"

"然后,你可能不是认真的,但是你说过,咱们把那些饭吃完再走吧!你还记得吗?"

"不记得了。哪里有吃饭的那工夫!"

安井的声音中,隐约流露出一丝怀念。

"所以呀,那时我说,吃什么饭,赶紧走。然后,你还记得离开的时候先开的哪扇门吗?"

"离开的时候,从哪儿出来的吗?是从厨房那边。"

"对对，厨房入口的门是朝哪开的？"
"那不是推门。"
"是木门吧。"
"拉门吧！那咱俩记的不一样啊。"

分完那一万日元逃出来后，二人乘土赞线来到琴平看了场电影。然后坐公交车回到财田村。

杀人事件发生后的一天晚上，谷口在酒馆喝酒。谷口接着提问。

"你知道那家叫西原的小饭馆吧？"
"知道。"
"还记得晚上八点多我在那儿喝酒吧？"
"那么多事，我哪知道。"
"晚上八点左右我在西原饭馆的时候……你的表弟冈边，你知道吧？"
"知道。"
"冈边是你父亲的兄弟的儿子，你让他去我那儿叫我。然后，他说安井叫我，我想着到底是什么事，就出来了。你已经在农业合作社门口等着我了。还记得吗？"
"没这回事吧！"
"有这个事啊！"
"你总跟我玩儿，所以发生了各种各样的事。"
"那时候，我还跟你说香川被人杀了，记得吧？"
"也许说了吧。"
"然后，你还说，被杀了，真是可怜。就因为这个事，你说有话想跟我说，让我跟你过去。你一直把我叫到合作社仓库的屋檐下面，稍微有些昏暗的地方，还记得吗？"

"我不记得这些了。"

"那时候，你说过，之前那一万日元的事，被警察盘问的时候，打死也别说。然后，我保证，我绝对不会把那些说出去的。这些你还记得吧！"

"不记得。"

谷口仿佛被自己的记忆折腾得团团转，不断地絮叨。

"这些事肯定都有。然后，我跟你保证完之后，又回到了西原饭馆，你和冈边两个人也进来了。这些事都有吧？想起来了吧？"

"我听不懂你在说什么。在那儿喝酒，是常有的事呀！"

安井不耐烦地回答。他就像想要甩开追问似的，又看了看手表。

"于是，我们三个人就一起喝了一点，你没喝多少。也就喝了一两口，你就说要回去。然后，你和冈边两个人就先回去了。我跟你们在那儿分开的。这一点对不对？"

"然后呢？"安井好像再也忍不住了，把之前压抑的那些话全都吐了出来。

"你说我是真凶，有什么根据吗？"

"我并没有断定你就是真凶。"

"你不是在法庭上说过的吗？"

"是的，说过。"

"你凭什么说我是真凶？这种话可不能随便乱说！"

谷口略微有些畏怯地答道：

"这种说法或许是有些草率。要是真没这回事，错怪了你，那就……"

"我倒也不生气，因为我本身也是过来赎罪的，我不生气，但这件事本身就很奇怪。这么着吧!这种话也甭提了!"

安井的大阪腔说明,他从意识上就早已经和故乡切断联系了。

于谷口而言,只能通过回忆来证明自己的清白。但是,对于现在在社会上过着正常生活的安井来说,那只不过是一件不想再回忆的小事。

"谢谢。代我向大家问好。"

谷口向安井道谢。

安井苦笑着说:

"这种糗事,太丢人了,都说不出口。"

法庭上响起一阵哄堂大笑。两个人之间就好像在交流青年时代的感情。

闭庭时已经是七点多了,可以说是没有先例。审判长认真地听取了两个人之间的对话。

作证结束后,安井来到走廊,东张西望。他或许是在等待谷口出来。

但是,戴着手铐的谷口是从对面的出口出去的,他绑着腰绳,被押上押送车,向看守所去了。安井也独自奔回了大阪。

这一天,在辩护席上没有看见矢野的身影。自去年十二月的公审起,他就一直缺席。他的身体已经极度衰弱了。

尾 声

"消息还不确定,但是矢野先生好像去世了。"

一九八三(昭和五十八)年三月十八日,下午两点,高松市西日本放送局冈部光郎导演打来电话,告知我矢野伊吉去世的消息。

他最终也没能赶上。享年只有七十一岁。

那天早上,矢野因急性肺炎,被抬进了市内的一家医院。

因长子工作调动而从丸龟搬到高松市时,矢野不慎跌倒。自那之后,他便中止了以前每天一直坚持的散步。散步和冷水擦身是他半身不遂之后唯一的保健方法。可是从那时起,他就把自己关进了一个远离他人的房间里。

尽管如此,他还是凭借毅力,暂时摆脱了一度严重衰弱的状态,在妹妹或是侄女的陪伴下,单手拄拐出席每次的公审。

我一直觉得"在谷口出狱之前,他绝对不会死"。重审公审就在他去世的两天前,结束了计划内的所有证人调查。

据说,他曾对长媳语重心长地讲:"我的任务算是已经完成了。"明年春天的无罪判决已经确定无疑。本来还希望他至少能看到那一幕的。

就在去世的一周前,矢野收到谷口的一封来信。他用颤抖的左手,迫不及待地剪开信封,结果从信封的上边剪到了中间,连同里面的信一起,把左半边给剪掉了。即便这样,对于矢野来说,能够读到谷口繁义这封充满光明的信件,或许是最大的慰藉了。

谷口给矢野的最后一封信中,写着如下内容。

致矢野伊吉先生
谨启
　　前几日收到您的来信,非常感谢,我满心欢喜地拜读了一番。
　　自去年十二月起先生就一直没有露面,到底是怎么回事?我其实一直都很担心。我觉得您的健康状况比什么都重要。我为自己能够坚守矢野先生和莲如上人的教诲,打开心扉,虚心回应,感到无比地欣喜和庆幸。这样一来,政府的非法性和无理性得到了国民的充分了解,我确信自己的冤罪也得到了进一步的证实。
　　历经多年的长期审判,终于快要结束审理了,光明能够掌握在我们手中的那一天越来越近了。
　　我现在充满了一种类似登顶险峰的心情。
　　我亲身体验到了事实真相的力量之强大,它是怎样让人充满了希望的。
　　现在的我,要说能为矢野先生做的事情,恐怕就只有不断地向上精进,不懈努力。
　　今天先就此停笔。

请您一定要注意身体。也代我问候大家，希望各位每天都过得健康快乐。

合掌

谷口繁义

昭和五十八年三月十一日

谷口给矢野写信时，矢野还在用他那只健康的左手撰写着书稿。三月九日，他用颤抖着的手起稿：《财田川死刑判决，捏造的审判》。

四百字的国誉①稿纸写了长达十三页，然后就永远地定格在了那里。那是他一直以来所写的小册子的又一次复述。他反反复复地强调谷口是冤枉的。在谷口被释放出来之前，他不允许自己无所作为。于是，他便一个劲儿地不停地写，就好像是抄写经书一般。

救助谷口！
谷口是被捏造成死刑犯的，他被关在监狱里三十多年，可他并没有犯下杀人罪，上述罪行均属捏造，必须要救他！

这是矢野伊吉的绝笔。
也是这位原审判长最终未能完成的"判决书"的结语。

谷口繁义曾经这样描述矢野：

---

① 国誉（KOKUYO）是日本老牌文具品牌。

我觉得，矢野先生的主张就是神佛的声音，称之为神佛的愤怒也不为过。对于这堪称上天之音的先生的主张，此时此刻，相关当局应坦率倾听，将助力我等当作理所当然的职责。

后 记

　　如果没有矢野伊吉，谷口繁义势必会在无人知晓的状态下逝去。他的命运将会怎样，只有谷口本人和他的家人，以及部分司法相关人员知晓。这一点，光是想想就让人觉得可怕。是矢野伊吉，拯救了那个或许已经被逮捕他的警官、起诉他的检察官、宣判他死刑的审判长所遗忘了的谷口繁义。

　　谷口与矢野的邂逅是在一审的死刑判决后的第十七年，也是最高法院驳回上诉，确定死刑后的第十二年的春天。此前，谷口每天都生活在担心被行刑的恐惧之中。

　　谷口寄去高松地方法院丸龟支部要求重审的信件，被扔到一旁，一直沉睡在仓库的书架上。时间过去了五年之久，这封信奇迹般地进入了矢野的视线。

　　作为丸龟支部的审判长，矢野被谷口的倾诉所打动。在矢野之前，其实也有审判长为之动容，但碍于最高法院的威压，又或许是被金钱收买，最终没有采取任何行动，而是将其淹没在了日常的事务之中。

　　不过，如果我是当时的审判长的话，到底会不会也像矢野那样，为了一个素未谋面且已经确定死刑的犯人，废寝忘食、抛弃工作，甚至做出被认为离经叛道的古怪行为，被人奚落嘲笑，但仍要为了搭救他而四处奔走？

这些事光是想想就让人退避三舍。谷口注定是要邂逅矢野的。这是他最后的一根稻草。

制造出"财田川事件"的是那些警官、检察官，以及在不正当行为面前闭目塞听的法官们。矢野伊吉以一种堪称蛮勇的追求正义的精神，揭露了这些人的非法和怯懦，让这个逐渐被世人遗忘的、不值一提的小案子，从暗处浮出了水面，并将其命名为"财田川事件"。

他作为一个普通人，为了拯救另一个普通人，有时甚至需要面对巨大的权威。其困难程度尽显在他那矮小的身躯上。尽管当了半辈子的法官，可到了晚年，他却激昂地斥责法院。他的人生轨迹在审判史上也是值得大书一笔的。

矢野到死仍在痛骂最高法院。尽管他对审判制度感到绝望，却一直在谋求审判的重启。通过苦学力行，二十六岁通过高等文官考试的矢野，任职之后被派到了"偏远地区"。苦于学阀，又被排挤在了精英之外，这些经历或许也让他不能坐视谷口的悲惨命运。

十年前的一九七三（昭和四十八）年四月，我受一位高中时期的友人——担任立风书房编辑的白取清三郎——的委托，拜访了位于丸龟的矢野家，后来得以协助出版他的遗作《财田川黑暗审判》。但说实话，到现在，我并没有像矢野一样，赌上自己的一生投入到这个问题中。如今，面对矢野的逝世，我为此感到惭愧。

从珍视矢野伊吉的存在这个意义上讲，我认为关于此次事件的书籍只要有矢野的那一本就足够了。不过，还是有必要有人来记述矢野和谷口在重审公审的法庭上所作的反击，以及警察和检察官们作出的反应。况且，矢野已经遗憾离世，所以现在更有这个必要了。谷口繁义对此也表示期待（见正文一百四十二页的书信）。

　　幸得矢野在世期间也给予过我很大的帮助，所以我便接受了编辑的盛情，负责整理起书稿。

　　很多人在日常生活中对冤案事件很淡漠。即便关心，可以说大多是出于对被告人的同情之心。但是，大家都不愿去想，至今仍有冤案在发生，或许明天就有可能发生在自己身边。

　　就算是始于一次错误的逮捕，只要被警察和检察机关织的网抓住，我们的命运就会同曾经的死刑犯谷口繁义、免田荣、齐藤幸夫（松山事件[①]）、赤堀政夫（岛田事件[②]）一样。

　　没有不在场证明，又被长期拘禁起来，在密室里被持续审问，到底能够在多大程度上抵住刑警和检察官的劝诱，恐怕只有体验过的人才知道。就我自身而言，说实话，我对自己的忍耐力没有多少信心。

　　我之所以对冤案感兴趣，是因为我觉得这是一种不可容忍的非正义，也是对人类最大的侮辱。与此同时，我也想揭露这个牺牲了国民的个人生活，却还佯装不知的国家机制。

　　旁听"财田川事件"的重审公审，让我感受尤为强烈的是，

[①] 1955年10月18日，宫城县志田郡松山町发生的一起纵火杀人案，造成包括两名儿童在内的一家四口死亡。
[②] 1954年3月10日，静冈县岛田市幼儿园女童失踪被害案。赤堀政夫作为犯罪嫌疑人被起诉，判处死刑，后经重审获判无罪。此案是日本继免田、财田川、松山各事件之后，第四起死刑犯重审后判无罪的案件。

很多情况有悖常理。当时的警官作为证人出场后，一直闪烁其词、逃避责任，而检察官为了维护国家的面子，至今仍要坐实无辜者的罪名，毫无根据且无自信，却仍要逼问被告，还有法院始终不愿放人。一个国家没有比这些更冷酷的了。这种行为已经不能简单地被称为错认或误判了，应该说是以国家权力为背景的政治犯罪。截至现在，已经有多少人因为冤罪被处死？光是想想就觉得可怕。

随着公审的推进，此案的冤情越发明朗，但谷口仍未被释放，毋宁说会面了，就连通信都受到了限制。这是对基本人权的非法压制。

不久，继免田荣之后，检察厅和法院将不得不同意释放谷口，现在只是时间的问题而已。很明显，此后，在申请国家赔偿的审判中，法院将会空耗时间，对其本人和家属长期经受的苦恼讨价还价——弘前大学教授夫人被害事件（原告那须隆）就是一个例子。

这样的话，我们只能将他们的罪行暴露得彻彻底底，同被告谷口一起追究他们的责任，通过形成广泛的舆论来实现正义。

我希望这本书能够继承矢野伊吉的遗志，并将其发扬，为早日实现谷口的释放尽一份绵薄之力。同时也期待唤起一场重新审视死刑制度的运动。

在本书出版的过程中，得到了各方人士的大力协助。矢野伊吉及其家属自不必多言，还有谷口的兄弟阿勉和阿孝及其家人、日本律师联合会和"财田川事件"辩护团、居住在高松的猪崎武典律师、各支援团体的成员，以及当地的众多新闻人士。

此外，这项工作是在《朝日周刊》编辑部的千本健一郎，月刊《花花公子》编辑部的广谷直路、浪冈胜则，立风书房编辑部的白取清三郎等人的协助下才得以坚持下来的。平野甲贺的装帧、须田慎太郎的卷首画，对这本书又是一番装点，令我感到异常荣幸。在此由衷感谢。

再有，书名与月刊《花花公子》（一九八一年六月号）上发表的文章相同。在狱中，谷口繁义偶然看到那则杂志广告，他给哥哥写的信中提道："我还以为是什么外国电影的片名，仔细一看并非如此，而是写的我的事。"（正文第一百四十二页）。故以此为书名也是想要珍惜他的那份感慨。

请原谅我为了避免繁杂，在正文中省去了敬称。一部分登场人物使用的是化名。

镰田　慧

一九八三年六月十五日，于矢野伊吉墓前

一九八三年六月二十六日下午六点四十分，高松地方法院一号法庭，地方检察厅副检察长渡边悟朗请求判处被告人谷口繁义"死刑"。

渡边检察官的脸涨得通红，拿着诉讼书的手微微颤抖。被告人谷口手搭在双膝上，攥着拳头，怒视渡边。

谷口退庭时，从旁听席上传来"没事的""加油"等声音。

古市清审判长的判决计划于一九八四年春下达。

批 判 判 决

一九八四年三月十二日，高松地方法院。

被告人谷口繁义身着一套崭新的藏青色西装进入法庭。这是他有生以来第一次穿西装。战后混乱期尚未结束的一九五〇年四月，他十九岁，从那时起他就一直在监狱里生活。对于他来说，后面的经济高速增长期与之毫无干系。

他就像入学仪式上的小学一年级学生一样，以一副小心谨慎的样子站在法官席前。古市清审判长轻声咳了几下，调整呼吸，瞬间干脆地宣布：

"被告人无罪。"

在命令被告人谷口入座后，审判长一如既往地淡定，顿挫缓急地宣读起判决书。

判决书的构成条理清晰，就是根据供词判断一九七六年十月最高法院重审决定中提出的疑点和注意点的真伪。

疑点大致分为三类：

① 被掏出钱包的钱腰袋上无血迹附着。
② 没有与供认相吻合的血迹足印。

③ 杀人劫走的一万三千日元的余款八千日元，在逮捕时从押送车里扔掉的事实本身很牵强。

此外，被列举为注意点的是：犯罪当时穿的黑色皮短靴没有作为证据提交给法庭；作为唯一的"物证"的国防色裤子，其没收手续系杜撰；心脏部位的"两次捅伤"不能确定招供的秘密性；等等。

冤案的共同特征是被告人的供述瞬息万变。他们一旦"承认罪行"之后，就会被迫结合侦查工作的进展改变供述，补充细节，以"完成"供述的目的。本判决的结构就是通过抓住供述中的矛盾点来证明无罪。

例如，关于侵入犯罪现场的途径，最初的供认说是沿橘子树爬上屋顶，然后从二楼悄悄潜入的。后来又说是撬开厨房入口的木板门潜入的，这一转变非常突然。审判长作出了以下判断：

"在供述符合证据所承认的客观事实的情况下，只要在供述之前调查官清楚了解该事实，就不能忽视符合该事实的供述有可能是基于审讯官的诱导完成的。"

至今为止的重审法庭上，当时的侦查人员态度出奇一致，他们自身都对侦查工作漠不关心，声称"不太清楚"。

心脏的创伤虽然表面上看是一个伤口，但内部分成两个，成因是"两次捅伤"。他们主张这一点是只有犯人谷口繁义知晓的秘密，在供述中重点强调。

作为检方证人出现在重审法庭上的原搜查人员，采取了一种强调"暴露了秘密"的战术，表示完全不知道"两次捅伤"的情况，是通过供述才了解到的。因而，没有频繁召开过侦查会议，他们对于案发翌日的司法解剖结果也并不关心，从未谈论，更显示出对职务缺乏热情。

与此相对，本次判决全面采纳了作为辩方证人出庭的原警官白川重男的证言。

"警官白川重男仅仅是一名外围侦查人员……在被告人招供之前就已经知晓了上述创伤，这一事实被予以承认。"

这次判决与之前的不同之处在于，不惧误解，对于人的内心表现出一种理解。以前，我对法官们的批判，在于他们被法律条文所禁锢，思维方式常脱离常识，表现出官僚头脑的顽固性。

被告人谷口向他人透露过犯罪计划的传言被予以采纳，关于他是有计划行凶的旁证的形成，判决指摘如下：

"通常，决定犯罪、进行计划这类事情都会深藏在自己的心中，不会说出口，被告人却跟别人坦白了抢劫杀人的犯罪计划，即使对方是亲弟弟，也让人难以理解。其言行的异常之处，不禁让人质疑。"

一九五二（昭和二十七）年一月，支撑死刑判决的唯一"物证"就是附着在国防色裤子上的"微量血迹"。但是，此次判决采纳了谷口兄弟的证言，认为这条存在问题的裤子是谷口兄弟几个共用的。

"无法判定上述血迹是在本案中附着上的。"

也就是说，判定即使从裤子上发现了"微量血迹"，且和被害人血型一样同为 O 型血（古畑鉴定），那"血迹也有可能是案发前就已经附着在上面的"。

就这样，这次判决表现出了一种认可血亲主张的姿态，与之前的法官相比，似乎展现了一个更好更柔软的内心，超越了最高法院的判决。

不过，我感觉到判决的前半部分所表现出的细腻，到了后半部分逐渐土崩瓦解。随着宣读的进行，旁听席上也流露出一股沉闷的气氛。

在最高法院的送回重审的决定中，指出之前的死刑判决、死刑确定以及驳回重审的决定等"很明显是非正义的"。

果真如此，那就应该对一直给无辜之人以三十余年死亡恐惧的"非正义"进行制裁。

例如，国防色裤子就是在没有搜查令的情况下收押的弟弟阿孝当时身上穿着的物品。如果通过有正式手续的住宅搜查没有发现有价值的东西，便牵强附会、蛮不讲理，不惜违法也要收押"证物"。这种警察素质至今仍在造成冤案，却未见对其有所批判。从这个意义上说，此次判决仍然缺乏根本性的勇气。

又如，倘若想从根本上批判供述，揭露编造出那份供述的侦查当局所作的"诱导"，就必须阐明作为"物证"登场的五份手记的存在本身是不可思议的。

这些手记被认为是谷口亲自写下的，尽管是极为重要的资料，却与犯罪时存在的"黑色皮短靴"一起，未被提交法庭便不了了之。

被告人谷口和矢野伊吉律师主张，这些手记系侦查当局"伪造"。对此，判决接受了侦查当局的主张，承认其为"自愿完成""亲笔写就"。

当然，审判长并非主张手记具备自愿性就对犯罪具有证明力。但是，如果"供述"是虚假的，那么内容大体相同的手记是否能被称作是真实的呢？

在此之前，判决书还指出供述是在侦查当局的"诱导"或对其的"迎合"下完成的，为何偏偏手记就具有了"自愿性"呢？在虚假的枝条上，怎可能结出真正的果实。

在判决中，被告人谷口一直控诉的被拷问的事实也遭否定。但是，若是那样，又怎么可能为了迎合"判处死罪"而根据"诱导""自愿"供述呢？如果被告人无罪，就应该追究将其判为有罪的警察和检察机关的犯罪性。事到如今，没有理由继续驳回被告的主张，采纳侦查当局的主张。

由此，人们不难想象，作为国家机关的法院和市民之间仍然横着一条无法逾越的鸿沟。

也就是说，法官无法想象一个市民由于冤罪被捕，被长期拘留，最终被迫供认出自己都记不清的事实所承受的精神、肉体上的暴力的恐怖程度。或者还可以说，我们不得不承认，法官在犹豫是否要彻底追究警察和检察机关的犯罪行为。

在判决书的最后，审判长否定了被告人谷口的不在场证明。这一点沿袭了一九七二年九月高松地方法院丸龟支部驳回重审申请时的决定。

谷口孝一直作证说，和哥哥繁义在案发当晚同睡在一个被子里。这个证词被再次否定。

因为奇迹般地出现真凶，那须隆才好不容易证明自己无罪的弘前大学教授夫人被害事件中，那须隆的家人称他一直在家的不在场证明也遭到无视。此次判决中，家人的不在场证明也未被承认。光看这一点，也不能称赞这次判决较之前的法庭有多大进步。

在最高法院"送回重审的决定"中，无罪判决可以说已经

从死刑台生还　235

是既定事实。对于继"兔田事件"之后又一个无辜的死刑犯的判决，人们所期待的是这次判决能让践踏了一个人半生的警察、检察、法院等权力黑幕直接曝光，通过这样的做法来阻止冤案再次发生。

然而，法庭这次再度以一种极不彻底的追究方式结束了案件。司法机关既没有坦率地自我批评，也没有向被告人谷口谢罪，法庭最终以一种虎头蛇尾的形式宣告"闭庭"。

我在想，矢野伊吉原审判长深爱着法院，或许也正是因深爱才会对审判展开激烈批判，才会豁出性命也要证明被告人谷口是无辜的。结果他却未能目睹最后的判决。假如他还活着，恐怕必会极力地痛斥。

被告人谷口获释。这件事本身，对于我个人来讲，也是期盼许久的。但是，当我走出法庭后，又陷入了一种莫名的空虚。三十多年前，如果能够更加慎重地审理案件，谷口也不会到现在才被释放出来，今天的骚动也便可以避免了。

如果对那些让人陷入冤罪的人作出更加严厉的制裁，当地的人也会更加清楚冤案如何形成，谷口今后生活起来也会更轻松。判决还是缺乏勇气和关怀。

我还想到，法院最终还是没能做出自我审判。

获释之后

谷口繁义回到香川县财田町的老家是在获释后的第二天傍晚。

在那之前,他去了已故矢野伊吉律师的墓前拜祭了一番,后又去了町政府等地打了声招呼,还去给父母扫了墓。

财田町的地区集会所里聚集了三十多人,为迎接他召开了一场庆祝会。尽管是时隔三十四年的再次重逢,他依然记得几乎所有人的名字,其强大的记忆力让周围的人都惊叹不已。那段时间,或许是在狱中被冻结了。

家里的宅子现在由二哥阿勉继承。哥哥的老伴儿阿栞、两个女儿,还有弟弟阿孝的妻子,几个人亲手做了他喜欢吃的散寿司等饭菜,等着他。

围坐在鸡肉氽锅边一起吃饭的是一直在开展支援活动的善通寺四国学院的教员们。谷口既不抽烟也不喝酒,只是在那一个劲儿地吃着。

十一点左右,听到谷口还醒着,我便强行拉着他上二楼休息。因为我听说,获释当晚,他住在高松市内日本律师联合会经常光顾的一家旅馆里，几乎一夜没睡。

第二天早上起来时，前一天那副紧张而僵硬的表情不见了，他整个人都变得非常温和。这次的采访从早饭过后一直持续到午饭时间，进行了三个多小时。这也是他从单人牢房获释出来后的第一次采访。虽然检方还没有完全放弃上诉，尚处于不能确定是否无罪的时期，但谷口还是率直、爽朗地讲述了一番。不时冒出来的大阪腔，也说明了他在狱中的时间之漫长。

● 获释……

——时隔三十四年被释放出来，你最吃惊的是什么？

"现实社会果然发生了很多变化。建筑什么的，整个街道都变得很明亮。真是亮堂。很现代呀！"

——你是指高楼大厦之类的吗？

"是的，在大阪看守所时，也能看到高速公路、圆形的大楼，还有一层层转着圈的高层建筑，但是看不见整体。"

——照这样说，你之前也能看到城市的风景逐渐变化吗？

"是的，大阪看守所里有一个地方一眼就能看到高速公路。我会在那里打两个小时左右的乒乓球，其间就可以自由地看看外面。所以，那段时间我经常一边掐着表，一边数有多少辆车通过。而且，随着工程的进展，还能看到楼房变得越来越高。"

——是嘛。所以也并非像浦岛太郎[①]那样，感觉像是回到了一个完全不同的世界，是吧？

---

① 日本传说中的人物。浦岛太郎因救了神龟，受到龙宫的款待。当他从海底龙宫回到家乡时，发现陆地上已过去百年，物是人非。离开龙宫时，龙女送给他一个宝盒，嘱咐他不可打开。迷茫的浦岛太郎打开宝盒，盒中冒出白烟，使他瞬间成了白发老翁。

"是。在看守所里也能读报纸、看电视。有一点社会方面的知识。"

——在法庭上你称为"财田村"的地方，现在已经变成财田町了。

"我之所以要那么说，是因为一旦称其为'财田町'，那种自然资源丰富的财田村落的感觉就被破坏了。"

——回来之后，你看到一片荒芜的景象了吧？

"财田川脏了，河里的水流也变了。因为这个，石头也脏了，没有了光泽。石头本身已经都死了。河流也已经死了。不过，我不想提及这些。我是希望自己能够回到那个叫做'财田村'的地方，那个拥有美丽自然的地方，我希望能回到那里。可是，回来一看，感觉真是一条脏兮兮的河。尽管如此，还是得要恢复自然。具体怎么做才好，我觉得这是大家都应该深刻思考的问题。"

● **审讯的情况**

——在这次的"判决"中，认定了供述存在自愿性，但我认为侦查、审讯的违法性问题还是存在的。关于这一点，想请你谈一谈他们审讯时逼供的方法。

"警察从一开始就知道这起案件的犯人不是我。但是，我不是坦白了'抢劫伤人'的事吗，于是他们就好像是正等着了似的，开始逼问。那时香川被抢劫杀害的案件已经陷入僵局。或许正是出于这种焦虑，他们才计划要把我打造成案件的真凶吧。于是就把我带到了高濑副警部派出所，他们觉得只要让重案组加入，对我加以拷问，全力猛攻，我就一定会招供。至今我还能感受到这些。"

——你从丸龟看守所被转押至派出所是六月二十一日,自被捕已经过去了八十天。然后从那时起,直到两个月后的八月二十九日,你一直被关押在"临时监狱"里。在这期间,有没有其他嫌疑人进来?

"一次也没有。"

——莫非那附近发生过什么案件,只不过那时候都带到别的派出所去了?还是说,那里根本就没发生过案件,一直都是空着的,是个非常闲的派出所?

"不是,应该没有特别闲的派出所吧?所以说,应该是因为把我关进来了,其他嫌疑人就只能拘押在三丰地区总署了。肯定是把其他犯人弄到总署去了。他们想要彻底逼问我,就算知道再怎么逼问也逼问不出来,只要有抢劫伤人、抢劫未遂这类前科也能……"

——但是,三谷副警部应该没有太严厉地逼问过你吧?

"三谷明确地跟我说过,不在场证明是成立的。"

——审讯的时候?

"在三丰地区警署就抢劫伤人进行调查后不久,对本案也进行了审问。那时,他们并没有拿我当成真凶来进行调查。"

——宫胁丰副警部是一开始逼问得并没有那么严厉,后来才越来越严厉的吗?

"宫胁副警部当时去广岛管区警察学校了,但是每次休假都会专程回来,而且白天肯定不会来。他总是会在晚上或者傍晚,而且是在我饥肠辘辘的时候过来审讯。他会带着乌冬面或是寿司过来,让我吃。在我做了虚假供述之后,他还会让我吹口琴。每次告一段落时,都会让我吹。"

——中村正成检察官是怎样逼供的呢？

"嗯，是有威胁性的审讯方式。比如，他会说，你这家伙肯定有黑色短靴，快把它交出来！不交出来的话，肯定就是你们家人，你哥、你爸妈，还有你弟阿孝给藏起来了！所以，他就威胁说，就把他们跟你一块儿关进去！于是我就回答说：'啊，请不要这样做。肯定会有黑色短靴的，请再等等，我家人一定会拿过来的。''谁有？''这个嘛，我估计现役警察的哥哥谷口勉肯定有，可以查一下。我想一定能拿出来。'

"他还说：'你只要把那双鞋交出来，你是不是真凶，马上就知道了。'我也自信地以为，自己没干过，只要把鞋子交出来，我的怀疑就会完全消除。所以，我觉得就算哥哥被警察开除也好，被迫辞职也罢，只要能洗刷我的嫌疑，什么都无所谓。"

● 存在问题的"第四次检方审讯笔录"[1]

——在本次重审公审中仍存在问题的"第四次检方审讯笔录"在三月十二日的"判决"中依然没有得到阐明。据说是中村检察官追问谷口你，由高口义辉事务官用非常快的速度记录下来的。不过，如果计算高口事务官写的张数和所用时间，在那个时间内是否真的能写完那么多页的笔录？即便存在这样的疑问，在一审的死刑判决中，该笔录还是作为"证据"之一被予以采纳。你知道完成这份"第四次检方审讯记录"时的情况吗？

"当时我并不知道这份'第四次检方审讯笔录'。我根本不懂这些。毕竟才十九岁嘛，东跟西都还搞不清楚呢。"

---

[1] 即第三章提到的"第四次嫌疑人供述笔录"。

从死刑台生还　　241

——是啊。那从精神上说,你是一种什么样的心情呢?被审讯期间的心情……

"那时,已经是经过拷问,做了虚假招供之后了。被问及'这个也做了吧?''那个也做了吧?',我就什么都不再否认了,照单全收了。'是,是那样的。''是的,是的。'刚这样应下,笔录很快就完成了。他们应该是很满意的,因为完成得很顺利嘛。"

——你在供认的时候,最先说的什么?

"那时候,就说'是我干的''我坦白'这类的话。只要能让对方接受,让我自己好受一点就可以了。应该是那样的。也确实让我舒服了不少。'坦白的话就让你舒服点,还能让你抽根烟。''好。'让我想抽多少烟就抽多少,好吃的东西想吃多少有多少。于是我就决定这么做了,这样就轻松啦。如此一来,可以避免之前的饥肠辘辘,身体方面也恢复了许多。我以为这样自己就能咬牙坚持下去了。"

——你有没有想过,一旦说了'是我干的',就会被判处死刑?

"没有。当时我还没学过这些,所以根本不懂法律上的事,但直觉告诉我没准儿会被判处死刑。"

——即便如此,还是觉得眼下饿肚子的问题更重要吗?

"我是在饥饿的状态下开始虚假招供的,对方会给我拿好吃的来,让我吃。这也是想让我说得更多一些。他们做了很多,尝试了各种手段。所以,我也就上了这个套,慢慢地开始了虚假供认。但是因为我并不知道案件的实情,所以到最后甚至已经直接跟他们说'我不知道。请你们告诉我吧!'。

"这样一来,对方就明白了。然后,他们开始手把手,一点点地告诉我。但是他们觉得这还不够，所以就决定有必要再写一份手记。我当时并不知道手记也能成为证据，可以说一点也不懂。

"因此，他们才会觉得只要有了这个就能万无一失了。供述笔录、手记这类证据越多就越完美。"

● 关于拷问

——拷问手段有限制睡眠、减少伙食、戴手铐、跪坐，还有脚踢、殴打等肉体上的暴力拷问。是多种形式一起施加吧？最痛苦的拷问是哪种呢？

"要说还是饿肚子最痛苦。我甚至担心自己会不会饿死。然后还要熬到深夜，不分昼夜，始终在饥饿的状态下接受审讯，就完全不行了。"

——很少会暴力拷打吗？

"虽然没有殴打过我，但有时候会'砰'地一下子从后面推我。还有时会'咣咣'地拍着桌子，喊：'喂！不说是吗？'这些情况是有的，但是肉体方面的施暴倒没有。特别是田中（晟）警部。宫胁也是这样。宫胁这方面尤其严重。宫胁在公审法庭上，对着矢野先生不也'咣咣'地拍过证人台嘛。就是那个样子。"

——在旁听席上看到这一幕时，你弟弟阿孝说了句"还是跟以前一样"。

"是吧！那个人火气一上来，就会这样（用手掌劈砍）。然后，他就会说：'你这家伙逃走了可不行，田中，把他绑起来。'于是我就被绑起来了，膝盖被缠上好几圈，还要让我跪坐在那儿。"

——是怎么缠的？

"还不是普通的这样缠上，而是跪坐着的状态下，在膝盖那儿绑上好几圈。一坐下就会很疼。"

——啊！是缠成个8字吗？

"是。先让我跪坐在那儿，然后紧紧地绑住了。"

——用绳索吗？

"押送时用的那种。戴着手铐，绑在腰上的那种粗的。所以很疼。尤其是跪坐到榻榻米席子上的时候，会特别疼。那个时候已经是汗流浃背了。"

——因为很热吧？

"是盛夏了嘛。我膝盖下面的榻榻米都湿透了。"

——这样大概持续多少分钟就会受不了呢？

"两三个小时左右就不行了。"

——这种情况有过几次？

"像这样的情况，大概有六七次到十次的样子吧。我呢，很倔强。不管他怎么折磨我，我都认为要遵从事实。我很顽强。也忍了一段时间。但还是没扛住。"

——你有没有感到一种类似恐惧的感觉，害怕自己慢慢坠入深渊，跌到低谷，然后接下来就这样再也爬不上来了？

"当然有啦。但是，虚假供认都做了一半了，已经没办法了。我已经不能再回头了。他们早就等着这个时候了，然后就不断地告诉我该怎么说。"

——有没有想过必须要再坚持一次，主张"这样下去太可怕了！我根本没有干过"呢？

"倒也不是不行。那时候，我也曾多次说过'给我删掉'

'那里不对,给我删掉''今天我不想再说了''我已经没的可说了''我不想说了''不要写那些''给我消掉''你们要是那样写,我就再也不说了'。关于'请删掉',这部分在笔录上有记录。我说过'请删掉那些',而且说过很多次。可是,他们嘴上答应着'嗯,这个地方会帮你删了',但事实上并没有删。"

- 关于"供认的自愿性"

——在这次的判决中,当你听到审判长宣读到"供认存在自愿性"时,是怎么想的?

"我认为法官的看法是错的。我当时心里也是一惊,但是既然已经宣判无罪了,我也没必要非得不接受了。"

——因为太高兴了,所以细节上有点儿错误也无所谓了?

"有也无所谓了。不是也挺好的嘛!不过,高兴是高兴,心里还是感觉猛地一揪。心想,这个审判长还是没看透,竟然也是没什么水平……(笑)但是,我能因为这些大为光火,在那个法庭上矫情吗?要是真那样做了,恐怕本身就一副丑态。所以,我必须得表达感谢的心情,在那种场合之下。"

——在手记里,"私"[①]有时候会写成"和"。你觉得为什么会出现这种情况呢?

"那是警察故意写的,然后好提交给法庭。我不可能一连好几次错写成'和平'的'和'。"

——那时候,你肯定认识"私"这个字吧!

"是,认识。还有'自白'这个词会写成'白白'。中间还

---

① 日文当中"私"是"我"的意思。

得补上一划呀！这怎么可能写错呢。这个词也是一次又一次地写成'白白''白白'。他们有意弄得像我写的，整了很多错别字。实在太像我写的了，所以才会让人觉得是自愿写出来的。"

——半年后，你是不是写过一封保释申请？那份保释申请的行文、文字都没问题吧？

"是啊。我虽说没什么文化，但毕竟也是读到了六年级，我觉得没什么不会写的。在审判里，用'没文化的文盲'来形容我，但事实是我会写字。"

——果然这是人们普遍的印象，或者说在警察的印象中，那家伙就是个"没文化""不识字"的人，因为是凶恶的罪犯，估计会是这样写字吧，所以才以这种文章和文字来表达吧！

"是的。所以村里的人才会说，那家伙这样说过、那样说过，其实那些我都没说过。夸张地把我写得就像是真凶一样。看了这些，我很生气。不过，我觉得宫胁也挺可怜的，他应该是哭着离开重审法庭的吧。看到那个情景，我想以后若是再看见警官站到证人台上作证，我会不屑一顾。看着就觉得可悲。"

——你觉得田中怎么样？

"有点狡猾。还会罗列些华丽的词句，站在证人台上表现一番。他不是还说'谷口流着泪'之类的嘛。怎么可能有那种事？我要是真犯了罪，那另当别论。一个事实上根本没有犯下罪行的人会哭着招供？这种事怎么可能。

"我也说'既然那样，你说给我铅笔和纸，让我写过，那些东西有吗？有实物吗？该不是没有吧？为什么没把那些作为证据提交给法庭呢？''就因为没有，你才那么说的！'就是这样。"

——重审公审的法庭上，他说，自己没穿过大裤衩。

"天气炎热，他就穿着大裤衩。由于是在没人看得见的密室状态下审讯，所以才穿着大裤衩，他一边扇着扇子，一边审讯。尽管他那么做了，但在法庭之上还是会否认的吧！"

——你问这个问题的目的是什么？是为了说明记忆的问题吗？

"不。不。当然也是为了说明记忆的问题，但作为警察能穿着那种服装审讯吗？另外，我想强调事实上有过拷问，才那样表达的。"

● 关于伪造手记的说法

——在这次的判决中，认定了手记是你亲笔所写。

"署名或许是我签的。但是，手记里面的笔迹很明显，不是我写的字。"

——感觉他们是先拿来一张白纸，指着最下面，说："你，签字！"没办法，你只能签上。之后他们再用新的纸写好内容，粘在一起的。或者是他们事前写好再拿过来，叫你"签上字！"。

"对，对。他们拿来五份，命令我说：'签字！'然后，我好像就在上面签了。现在想想，这件事我之前都没提过。"

——不过，即便如此也没问题。对方已经做好的东西，让你签字，这种非法、龌龊的事，你说出来也没关系。

"镰田先生，等等。那可不是只有宫胁主任在场的时候让我签的。他还特意带了重案组的来，田中、广田巡查部长，还有营巡查部长都在。"

——营薰吗？

"然后，还有其他两名警官。有五六个人。是那会儿拿过来的。如果再加上宫胁主任，大概就是六七个人。印象中好像是当着这些人的面,由菅部长一块儿拿来让我签的。"

——这么说,侦查组的很多人都知道这个事实?

"是的,正是如此。虽然已经是过去的事了,但我还是有这种感觉。但也有可能是我记错了。现在想想,好像是有过一下子拿来很多资料让我签字、按指印的事。"

——那关于审判长说的话,你怎么看?就是手记被判断为真的话。

"那是因为我写过一些'短的'吧。"

——短的手记?

"一些简短的东西。所以会认为长文可能也是在那个时候写的。他们会说,谷口的记忆很模糊了,尽管写了,却说自己没写。我又会在法庭上说:'不能完全断定就是我写的,但也不能说我没写。'所以,审判长也只能这样表述。"

——我感觉,不管怎么看,签字肯定是本人的。

"正如镰田先生所说,我也是这样想……记忆不是很清晰了,所以我也会觉得自己莫非真的写过。不过,'或许是签过字,我也记不清'这种说法,现在还是不用为好。没关系吧?"

——让你只签字就是有问题的。

"我在法庭上常说,我觉得很像自己签的。这就行了。我知道的。"

——最后,法院要是判定"手记系伪造",警察的违法性就很明显了,他们也会很尴尬,所以才不那么判定吧。

"是啊。就算我是无罪的,还是得感谢对方。从结果来看是这样。"

——"无罪"本身其实在最高法院决定送回重审时(一九七六年十月)就已经确定了,后面只是维护检察官的面子罢了。

"有就是有，我会说的。根本就没那回事，明显是伪造。签字则不同，这个问题我也搞不清楚。"

——审判长认为，"不分昼夜地审讯""利用手铐和绳索进行拷问"等都是很老套的表述，因此，判定是"有意图的陈述"。

"是这么说的。虽然我也觉得恼火，但是，我自己在法庭上只能表达到那种程度，因为说得越细越像是在撒谎吧。是吧？让人觉得我是在耍花招就不好了。如果我想要表达更多，也不是做不到。"

——最晚的时候，审讯大概会持续到深夜几点？

"最晚是到一点半左右。"

——早上很早的话，大概几点开始呢？

"早上早的话，还摸着黑就开始了，四点半、五点左右……'去审讯啦，喂，准备好'，听到那么一喊，我就一边揉着眼睛，一边困得摇摇晃晃地走出去。"

——从拘留室走到审讯室需要几分钟呢？

"大概两分钟……"

——一直审讯到深夜一点多，转天早上四点接着审的情况有吗？

"这种时候，通常是中午前后再开始。"

● 死刑判决的瞬间

——下面的话不是接着前面的顺序的，在一审中被判处死刑的那一瞬间，你的心情是什么样的？

"宣判死刑的那一瞬间，我在想还有高级法院呢。所以，我确信一定能证明自己是无辜的。倒也没感到有多惊讶或是多痛

从死刑台生还　249

苦。也没有太恐惧。"

——二审宣判时的感觉呢？

"二审宣判的时候，我还是坚信一定会证明自己是无罪的。"

——当最高法院驳回上诉，确定死刑时，你是怎么想的？

"即使被驳回了上诉，我也没有认为这就是到了最后了。我一定要申请重审。只不过，不能再全部交给律师去办了。

"我自己也要学一点，以便继续战斗，接下来才是动真格的了。要是我一直沉默，就没有人能够理解我的内心。既然法官也是人，那么为了弄清真相，他们也得通过被告人的诉说才能做出判断。

"所以，什么都不说，什么都不讲，只一个劲儿地主张'我是无罪的''我是无辜的''冤枉呀'，也是没有任何效果的。反倒会遭到怀疑，陷入深渊。"

——这么说，你是从最高法院驳回上诉之后，才开始收集资料，自己学习的？

"'上诉意见书'就是我自己写的。所以说，那封上诉意见书意义非常重大。"

——是不是写了很多次都不行，反复重写的？

"那封'上诉意见书'不是行云流水似的写出来的。我从词典上援引一些内容，做了很多准备，费了很大劲才写出来的。从那个时候起，我开始学习了。"

● **申请大赦**

——一般来说，死刑确定后几天之内是可以申请大赦的吧。

"两周之内。"

——大赦时,出现什么问题了吗?

"大赦的时候,我说:'我不申请。申请大赦就意味着承认了案件,所以我坚决反对。''不行,你要知道,天皇陛下也能看到。申请大赦的话,你就能罪减一等啦!申请吧!拜托,申请一下。'科长双手合十,求着我,"拜托了,提交一下申请吧。'我摇头说:'别说傻话了。我不会申请的!我说了不申请就是不申请。不管谁,怎么说我都不会交申请的。''别那么说。不管怎样,你就给个面子提交一下,不然我就得被法务省臭骂一通。'

"'你算什么?想扯我后腿?如果交了这个申请,我等于承认了这件事。主张自己无罪的人去申请大赦,简直不可理喻。不可能的事,我不会申请的。''这种东西你就随便交个呗!交个申请吧!'就这样,他来过我的房间好多次。

"后来,我就说:'你真能把我之前说的话都写下来吗?能作为证据,保留下来,能做到的话,我就交申请。能保留下来,我就给你个面子。'然后,他说:'会保存下来的。'于是,这才提交了大赦申请。事实上明明没有犯罪,却被判定是死刑。虽然已经判了有几天了,但我还是坚持主张自己是冤枉的,把一定要证明自己是清白的想法写了下来。

"我以为是把这份材料交上去了。比起大赦,我觉得更应该申请重审,所以想着重审申请优先。结果,却被告知'不,不是。大赦要早一些'。但是,因为我不懂法律方面的事,于是就跟当时的治安科科长说,一定要先申请重审。"

- **关于死刑制度**

——死刑犯里都有些什么样的人?

"站在断头台上的人常说：'今天这样的赏菊佳日，能行刑就好了。'为什么一定会这么说？能活下去的话就会想要活得更久一点儿吧，不应该是这样吗？哪怕是一两天，抑或只是一会儿也好。也许吧。"

——也就是说，没有面对死亡的恐惧吗？

"他们已经忍受了孤独，这样的人是不会害怕死刑的。我觉得是不是他们已经丧失了恐惧的感觉呢？'今天这么一个菊花开放的晴朗日子，青天白日，天气又好，会不会帮我行刑呢？'我觉得这种状态很好。在我们看来，对于一个真正的极刑犯人而言，死亡是有价值的。所以，在肯定活着有价值的同时，如果没有死亡的意义，那这个人就不能被称为人。我是这么想的。如果要说死刑犯的死是有价值的，社会大众能否认同呢？"

——我是不敢苟同。

"就是这样。我倒表示赞同。正因为死亡是有意义的，我才这么说。有人拒绝看守递过来的烟，因为不想患上肝癌，结果没多久就被处死了。可以说，没有创造出任何意义。"

——你对死刑制度有什么看法？

"我认为死刑显然是要废止的。我想强调、想呼吁，死刑并不是最高刑罚。我想说，最高刑罚是不被执行死刑，不管炎热的日子还是寒冷的日子，每天都让你无休无止地工作，这才是极刑。有人说只要判无期徒刑就好了，或者说终身监禁就可以了，但有人说死刑并不是极刑吗？死刑就可以赎罪了吗？罪大恶极的人就应该让他安乐死？这也会导致死刑的废除。

"我想说的是提到极刑，没有人会感到恐惧。甚至会有人表示，在今天的赏菊佳日里能行刑就好了。我在大阪看守所送走了二十九名友人。再加上一些不认识的人，总共送走了大概四十个人,没有一个哭着喊着、退缩,说厌恶死刑的。

"因为都在引导大家要从容地走向死亡,所以那种情况是绝对不可能有的。也不能有。真是那样的话,那训导员就没什么价值了。我听死刑犯说,刑场是一个很温暖的地方。"

——如果是冤案的话,就不会这样了吧?

"确定死刑之后,我又收到了'驳回大赦申请'的通知。那个时候,我就在想,是要接我来了。我就问:'是要下达行刑的命令吗?'对方跟我说:'不是。'我就觉得'怪了'。大赦驳回之后,应该是马上就会被处刑的……我还想,如果就这样被处死的话,就算死我也不会瞑目。尽管如此,毕竟法务大臣都盖大印了,不去不行。为了不输给前人,能从容不迫地死去,我也做好了充分的心理准备。有些话,我想对年轻人说。"

——什么呢?

"我希望他们珍惜自己的生命。现在的人太浪费生命了。连死刑犯们都在珍惜着每一天地活着。"

——那接下来,你会怎样生活呢?

"还没有决定。我会跟兄弟们商量一下,希望能赢得家乡人的信赖,安静地生活下去。就请看我的生活态度吧。"

岩波现代文库版后记

"谷口繁义先生好像去世了，您知道在哪家医院吗？"

一位报社记者打来电话。但是，别说去世的消息了，我连他住院的事都不清楚。我所知道的就只有他生活在香川县琴平町而已。他的兄长阿勉去世后，我们就一直没有联系。

后来我才了解到，二〇〇五年七月二十六日，他在琴平的一家医院里去世。享年七十四岁。他被逮捕是在一九五〇年四月，年仅十九岁的时候。一九八四年三月，冤案终于得以昭雪，他获释出狱，时年已是五十三岁。

谷口和一位小自己一岁的女性一起生活，好像经常去旅行。他喜欢上卡拉OK，这或许跟他获释后一次来东京的经历有关。当时他被邀请参加日本律师联合会的集会，我和立风书房的编辑两个人一起带他去了我们同学在新宿开的一家酒吧。想到这些，我时常会感到心酸。因为我知道他在狱中也喜欢唱歌，所以才带他去卡拉OK酒吧的。

在那之后的二十一年里，谷口没有在社会上再抛头露面，在没有人知晓的状态下，安静地离开了。二〇〇六年一月上旬，报纸上报道出消息时，他已经去世半年了。

在二十四年前付梓的那版"后记"中我写道："很多人在日常生活中对冤案事件很淡漠"。这一点即使到了现在也没有什么大的改变。因为我们都觉得只要堂堂正正、清清白白地活着，就不会跟警察扯上关系。遭到警察怀疑的人肯定是有什么把柄，这也是老百姓通常的想法。然而，直至今日冤案仍在不断发生。

"财田川事件"是最早一起（一九七六年十月）死刑犯主张自己的冤情，然后决定重新审理（重审）的案件。之后，"免田事件"（熊本县）的免田荣成为第一位获释者，还有"松山事件"（宫城县）、"岛田事件"（静冈县）的重审也开始了。最高法院判定的死刑犯获得无罪判决，从死刑台生还。这种超乎想象的事情在二十世纪八十年代相继发生。

之后，已经被判定死刑的"名张毒葡萄酒事件"[①]的奥西胜和"袴田事件"[②]的袴田严等人也开始申请重审，目前申请被不断地驳回。这些事件发生后，已经过去四十多年了，对于那些被判定死刑的囚犯而言，岁月在残酷地流逝着。

在发达国家没有先例的这种国家明目张胆地侵犯人权的事情在持续不断地发生。尤其是死刑犯袴田严，他已经患上了严重的拘禁性精神障碍，病情严重到与亲姐姐见面时都认不出她来了。即便如此，袴田仍没有被转押到医疗监狱。可以想象，他只能在狱中等死。

虽然不是死刑事件，但二十世纪六十年代有一个事件，

[①] 1961年3月28日，三重县名张市发生的一起毒杀案，造成17名女子中毒，其中5人身亡。
[②] 1966年6月30日，静冈县清水市发生的一起抢劫纵火杀人案。

至今法院还拒绝查明真相，那就是因部落歧视造成的"狭山事件"①。

我提到过，关于冤案，市民们很淡漠。但是最近，以色狼冤案为主题的电影《即使这样也不是我做的》（周防正行导演）向很多观众呼吁，广泛了解警察和检察官捏造冤案的真实情况。

二〇〇三年四月发生的志布志违法选举事件围绕县议会选举，因存在现金收买的情况，十三人被捕。通过一些超乎想象的强硬手段进行审讯，如强行要求嫌疑人践踏家人发来的信件这种古旧的强制"踏字"②的形式等，使得六个人答应完成供述笔录。可是，很明显是捏造事实，最终十二个人全部（一人在公审中死亡）被判无罪。检方没有上诉。

二〇〇二年，富山县冰见市发生一起强奸案。一名三十九岁男性被当作犯罪嫌疑人被捕，被判有罪。五年后，他已服刑两年，才被查明是无罪的。这是在松江市被逮捕的男子坦白罪行之后，才发现是冤案的。其本人没有主张无罪，也说明他对审判本身的不信任。

除此之外，还有"北方事件"③，在佐贺县发现了三名女性尸体，作为犯人被要求判处死刑的被告，也获得了无罪判决。二〇〇五年水户地方法院土浦支部终于决定重审一九六七年发生的杀人事件"布川事件"，那是将两个青年判处无期徒刑的案子。

---

① 1963年5月1日，埼玉县狭山市发生的一起绑架杀人案。
② 类似江户时期的"踏绘"，即日本对基督教采取镇压政策时，让教徒用脚踩踏刻有圣像的版画。目的就是精神检查和摧残。
③ 1975年至1989年，佐贺县发生的一起连环杀人案，7名女子相继被杀。

到目前为止，包括"松川事件"①、"帝银事件"等美军占领时期的著名案件在内，冤案事件不胜枚举。即便如此，警察和检察官强权逼供的体制和不负责任的组织丝毫没有改变，经常遭到质疑。围绕警察的金钱丑闻进行有组织的隐瞒工作往往会成为大问题，这些隐瞒工作也表现出了他们的本质。

此外，法官也没有依照个人的良心和法律作出审判，法官未能成为一个独立存在的制度。这里也和企业一样，明哲保身和加官晋爵的现象盛行。

保守政治的长期化阻碍了司法的民主化。为了让司法回归到市民手中，需要尽快地进行改革。二〇〇九年引入的"陪审员制度"，就是充分考虑到这种不满，从民主主义社会中诞生出来的，将其进一步巩固强化就成了看似一样、实则不同的"陪审制度"。

镰田慧
二〇〇七年七月

---

① 1949年8月17日，福岛县松川车站附近发生列车翻车事件，当局逮捕铁路工会成员和日本共产党员20余名。由于没有确凿证据，被捕人员于1963（昭和三十八）年被全体无罪释放。

解　说

作家　佐野洋

一九八四年夏，在东京千代田区的教育会馆举行了一场集会。

不久之前，我们迎来了在重审审判中获判无罪判决的"松山事件"的齐藤幸夫先生。那是一场讨论冤案问题的集会，主办方应该是日本律师联合会。

那次的集会，较齐藤早一步在重审中获判无罪的"免田事件"的免田荣、"财田川事件"的谷口繁义都出席了。还举办了一场题为"冤案缘何会发生"的公开座谈会。

那一天，我在会前三十分钟就进入了会场，然后直接去了休息室。受主办方委托，我担任的是公开座谈会的主持人。

我和齐藤、免田都认识，但跟谷口还是第一次见面。于是，主办方把我带到谷口面前。然后，他突然站起身来，大声说道：

"啊，是佐野先生吧！承蒙您多方关照了。托您的福我自由了。"

他还主动要同我握手。

握手的时候，我感觉半是惊讶，半是惭愧。一方面惊讶于主办方介绍之前，他就跟我打了招呼，另一方面就是他说的那句"承蒙您多方关照了"，让我感到很惭愧。

关于"财田川事件"，我只在杂志上写过一次，并没有做到像他说的那样"多方关照"。

这么看来……谷口应该是读过那本杂志上的那一篇文章……

在长岛茂雄①挂帅读卖巨人队的第一年，也就是一九七五年的秋天，以前就熟识的《月刊现代》杂志编辑M先生来我家商量事情。

那一年，巨人队是最后一名。他想做一期特辑，看看怎样才能让他们重整旗鼓，让我帮忙出出主意。

M先生的事谈完之后，我也跟他说了一个提案，就是要不要在《月刊现代》上就重审案件搞个宣传启蒙性质的活动……

我解释一下提出这个提案的背景。

当年五月，最高法院出台了《白鸟决定》。其中提到"要启动重审，在已出判决的事实认定中，只要存在合理的疑点即可，从这个意义上讲，适用刑事审判原则'疑点利益归于被告'"的判旨，至今仍被誉为是打破重审壁垒的开端。但是，对于该决定本身，我却很失望。

"白鸟事件"中，在申请重审的阶段，出现了很多有利于申请人村上国治的新证据。其中最重要的一项就是，通过子弹的腐蚀实验，唯一的物证子弹的可靠性被彻底推翻了。仅凭这一

---

① 长岛茂雄（1936— ），日本著名职业棒球手、教练。

点,我认为就能够判定开启重审。

然而,最高法院虽然表示"关于证据子弹,不否认存在第三方人为原因,甚至不公正侦查介入的嫌疑",却驳回了特别抗告。

在证据方面,已经实现了很大程度的创新性和明确性,可申请重审还是被驳回。所以说,重审的壁垒依然很厚重……

我在想如果是这样的话……那就只能诉诸舆论了。利用舆论来打破重审的壁垒,尽管最后也许还是失败,但是,当国民的目光关注几起重审事件之后,法务当局对于处刑那些被判死刑但一直申诉冤案的人,多少也会有些踌躇吧?另外,或者说,也能让那些人的名誉多少有所恢复。

现在,几乎再没有人认为村上国治就是杀人犯了。这或许也得益于重审申请运动在全国范围内的高涨,村上被冤枉的事实因此才广为人知吧。

虽然有点堂吉诃德式的空想,但在《白鸟决定》之后,我一直在思考这个问题。然后,试探性地问了问M先生的意见。

幸运的是,这个企划在该杂志的编辑会议上通过了,于翌年即一九七六年得以实现。

在题为"日本的冤案"连载企划中,第一回作为第一部分总论,刊载了我和松本清张[1]、青地晨[2]两位的座谈会,第二部分则以"案例分析"为名,我写了"松山事件"的介绍,之后就以我和青地先生轮流负责案例分析的形式,持续连载了六个月。

---

[1] 松本清张(1909—1992),日本著名小说家,开创了"社会派推理"。代表作有《点与线》《零的焦点》等。
[2] 青地晨(1909—1984),日本昭和时代的评论家,日本记者专业学校校长。著有《冤案的恐怖》《现代的英雄》等。

第三回连载，我选取的就是"财田川事件"。

坦诚地说，在跟 M 先生谈及企划的时候，我对"财田川事件"还几乎是一无所知。本书中所提到的矢野伊吉先生的《财田川黑暗审判》是在这一年秋天出版的。

在一次宣传活动时，我向日本律师联合会征求意见，请他们帮忙列一个重审案件的一览表。当时他们就强烈推荐我选取"财田川事件"，还向我介绍了矢野先生的著作。

但是，那次企划没能完全畅所欲言。因为每期杂志选介一起案件，而且规定每次的页数就是五十张稿纸[①]。所以，采取的方法就是只能把焦点放在审判中存在问题的那一部分上。关于"财田川事件"，我研究了谷口的手记的复印件，那是矢野先生借给我的。我要强调一下它的可信度存疑，也就是说它很可能是伪造的，就算不是伪造，肯定也是在审讯官的诱导下写的。

就这样，我不过是在杂志上写了一篇五十页稿纸的小文，而且自认为并没有充分说尽。所以，在教育会馆谷口主动和我握手时，我感到些许惭愧。

在读到这本《从死刑台生还》时，我体会了同样的一种惭愧。不，准确地说，应该是一种羞愧。

本书出版不久，我就在书店门口看到了，于是当场就买了一本。

我一边读着，一边体会到了某种羞愧的感觉。

至今为止，我也写过几篇关于冤案的文章。但是，其中绝

[①] 日式稿纸一般是一张 400 字。

大部分的目的都是引发读者对各种具体案件的兴趣。说白了就是一种宣传活动，我的重点是放在了说服读者上。

这样的方法，只放大了事件的某个局部，其整体形象就会变得模糊不清。急于攻击判决书的矛盾点和不合理性，使得文章本身也变得有些矫情。

与此相对，镰田慧先生是在谷口预计会获判无罪的阶段开始写的。因此，他不需要带着要将谷口从死刑台上救回来的目的意识，更像是出于要把"谷口生还的记录"保留下来的想法写作的。

例如，在一审的死刑判决出来后不久，镰田先生曾这样写道：

在被判死刑之后，谷口一家向高级法院提起了上诉。进入深夜，武夫、阿勉、阿孝三兄弟和父母一起悄悄地溜出家门，来到供奉村里氏族守护神的大善坊神社虔诚祈祷。他们把事先数好的一百粒豆子一颗一颗地供奉到神殿之后才回去。

（中略）

为了逃避村里令人窒息的生活，阿勉曾到仓敷的绳索厂工作过。后来，阿孝也离开了家，在神户当洗衣店的店员。尽管离开了财田村生活，但偶尔和同事闲聊兴起时，他们还是会提及一些故乡的事情。每当这时，两个人都会感到心寒。财田村的谷口就是死刑犯的家属，对方会不会这样联系上？这种不安总是会袭来。

这样的部分是用我的那种方法写作所欠缺的。

事实上，我并不知道谷口的家人过得如此憋屈。我之所以会感到某种羞愧，也正是因为这一点。

不过，镰田先生在将重点放在书写人的记录之余，并没有忽视对日本审判制度的理论批判。

这一点在这本书中随处可见，看得出先生是精读过审判记录的。

不，不仅是审判记录，他还直接接触、采访了很多相关人员，这一点也让我非常佩服。

这些相关人员当中，既包括案发当时的警官，也有被害人的家属。

事实上，在写冤案的时候，要见这种所谓的"对方的人"进行采访，是非常麻烦的。见上一面本身就得花很多功夫，就算见到了，对方也只会说一些老套的话来应付一下。因为这是写作者心知肚明的事，所以总想把它略去。

镰田先生并没有将这部分省略掉。从这一点可以看到镰田先生想要将这起案件准确地记录下来的那份热忱。

另外，本书的一个特点在于，还介绍了谷口与家人、律师之间大量的往来书信。

通过插入书信的方式，勾勒出了谷口及其家人当时的心理状态，也让这份记录变得更加厚重。

在这类著作中，像这样介绍了如此大量信件的，别无二例。作者镰田先生能够看到这么多私人信件，甚至还获得应允公开发表，可以说是事件的主人公谷口及其家人发自内心地信赖作者的一个证据。

这也是必然。

从某种意义上讲，镰田先生原本就是这起重审事件的局内人。

　　这起事件之所以能够在全国范围内广为人知，的确是因为矢野律师出版的《财田川黑暗审判》，但镰田先生好像也协助了该书的出版。虽然他并没有提及具体如何协助，但我估计是将矢野先生口述的内容写成文字。

　　如果是这样的话，镰田先生就可以称作是对"财田川事件"的重审功劳最大的作家了。

　　当然，最大的功臣还是辞去审判长一职的辩护人矢野先生。镰田先生也曾写道：

　　"如果没有矢野伊吉，谷口繁义势必会在无人知晓的状态下逝去。"

　　这一点，我也非常认同。从这个意义上看，谷口还是幸运的。

　　然后，说到幸运，"松山事件"的齐藤也可以这么说。齐藤的母亲始终坚信儿子是无辜的，所以她一直在车站前开展签名活动。"松川事件"对策总部的人因此得知该事件，积极展开救援，组成了一支庞大的辩护团，最终促成了重审。"免田事件"的免田也是偶然间在狱中从一个政治犯那里听说有重审申请，那是他从死刑台回归的第一步。

　　免田、谷口、齐藤，死刑犯的回归持续不断。《白鸟决定》之后，人们产生了一种重审之门已然敞开的印象，但是就像刚才说的那样，这些人是幸运的。如果没有这份幸运，要推翻"重审的壁垒"或许依然十分艰难。

本作于一九八三年由立风书房刊行。之后，同时代丛书版（岩波书店，一九九九年十一月）刊行时，又增加了"批判判决"（由《朝日周刊》一九八四年三月二十三日号刊登的《关于财田川事件重审判决的思考》改写）、"获释之后"（由《法学研究》一九八四年五月号刊登的《从死刑台生还》改写）。底本采用的是同时代丛书版。

SHIKEIDAI KARA NO SEIKAN
by Satoshi Kamata
with commentary by Yo Sano
© 1990, 2007 by Satoshi Kamata
Originally published in 1990 by Iwanami Shoten, Publishers, Tokyo.
This simplified Chinese edition published 2023
by Shanghai Translation Publishing House, Shanghai
by arrangement with Iwanami Shoten, Publishers, Tokyo

图字：09-2021-809号

图书在版编目(CIP)数据

从死刑台生还/(日)镰田慧著；王秀娟译. —上海：上海译文出版社，2023.9
(译文纪实)
ISBN 978-7-5327-9255-9

Ⅰ.①从… Ⅱ.①镰… ②王… Ⅲ.①纪实文学—日本—现代 Ⅳ.①I313.55

中国国家版本馆CIP数据核字(2023)第117185号

从死刑台生还
[日] 镰田慧 著　王秀娟 译
责任编辑/常剑心　装帧设计/邵旻　观止堂_未泯

上海译文出版社有限公司出版、发行
网址：www.yiwen.com.cn
201101　上海市闵行区号景路159弄B座
上海盛通时代印刷有限公司印刷

开本890×1240　1/32　印张8.5　插页2　字数127,000
2023年8月第1版　2023年8月第1次印刷
印数：0,001—8,000册

ISBN 978-7-5327-9255-9/I·5764
定价：52.00元

本书中文简体字专有出版权归本社独家所有，非经本社同意不得转载、摘编或复制
如有质量问题，请与承印厂质量科联系。T: 021-37910000